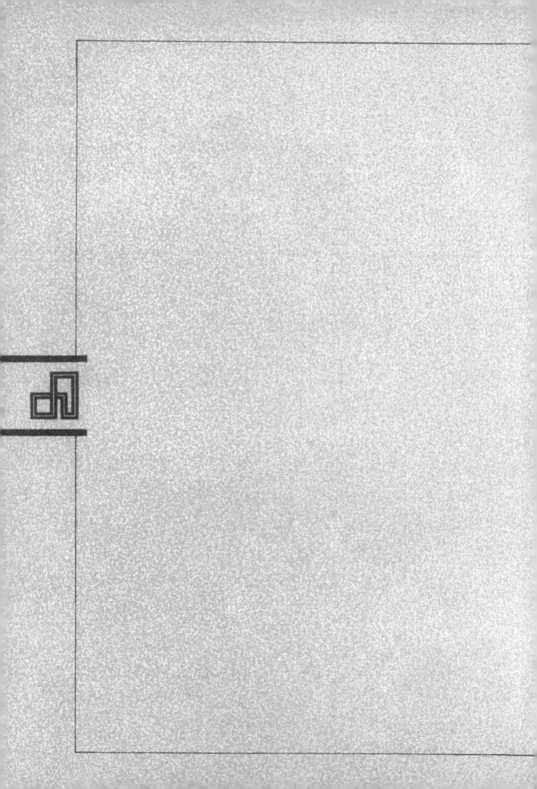

將我的最愛託付你

（原名：身邊的愛情故事）

杏林子 著

將我的最愛託付你 ● 目錄

一起看星星

想想正和孩子們玩老鷹捉小雞。

她這個老母雞，護著身後大大小小十來個蘿蔔頭，拚命阻擋老鷹的偷襲。饒是這樣，仍不免被叼走好幾隻。她和孩子們一起忘情的又笑又叫，根本忘了醫師一再警告她的話，氣喘病不可激烈運動，果不其然，她開始感到胸口發緊，趕快跟孩子們求饒：

「不行了，俞姊姊快喘不過氣了，我投降，我投降！」

話猶未說完，就是一陣劇咳，急忙衝向辦公室，卻差點撞上廊下站著的人，顧不得禮貌，衝到自己的辦公桌，從手提袋裡翻出噴霧器，先哈了兩口，舒緩一下痙攣的氣管，接著找出平日吃的氣喘藥，準備去倒水，不想適時有人伸過來一杯水，她以為是孩子們倒的，看也未看的接過來，吃完藥準備說謝謝，一抬眼，面前竟然站的是一位陌生男士，似乎也是剛剛撞到的那一位。

想想大窘，訥訥地說：「謝……謝謝！剛才……」

對方溫和一笑，關心地問：「現在好點了嗎？」

想想點點頭，一時之間不知怎麼再接話，這時孩子們都圍了過來，嘰嘰喳喳吵個不停。

「喂，你是誰呀！」

「你叫什麼名字？你來這裡幹嘛呀？」

想想輕聲喝斥著：「對來賓不可以沒禮貌！」

「沒關係！」對方露出一口白牙，好脾氣的回答孩子們的問題：「我姓趙，趙中傑，今天來貴院參觀！」

一個調皮搗蛋的院童快嘴的接下去說：「我們育幼院一點都不『貴』，我們很便宜！」

惹得大家都笑了起來，正巧院長也走了過來，看見趙中傑，熱切的迎上來說：「趙先生什麼時候來的？來，我替你介紹，這是我們的保育老師俞想想！」

「剛來一會兒，正好看到俞老師帶小朋友做遊戲……」

想想猛然想到自己剛剛那個瘋婆子的樣子，全被對方看在眼裡，不由一陣赧然，下意識的趕快撫平散亂的頭髮，把起縐的裙子拉了拉。

「趙先生是我國前駐巴西大使趙自耕的公子，家學淵源，目前也在外交部服務，不得了，青年才俊，未來的外交部長吔！」

想想有點討厭院長的刻意奉承，倒是趙中傑十分謙和有禮。「哪裡，我才剛進去！」

趙中傑看到想想似乎不明他的來意，解釋說：「事情是這樣的，家母她們參加了一個國際婦女會，每年耶誕節都會辦一場募款晚會，捐給慈善機構，家母要我了解一下貴院的情況……」

「今年她們打算把錢捐給我們，這些夫人真是太有愛心、太了不起了。」院長興奮的滔滔不絕，又吩咐想想說：「俞老師，妳先陪趙公子參觀一下……」

那天晚上，想想站在小院前，難得天上無雲，星星都出來了，想想習慣性的抬起頭，尋找她熟悉的星座，奇怪的是腦海裡卻不斷浮現一張面孔。朗眉俊目，古銅色的肌膚襯出一口白牙格外醒目，個子不算太高，卻挺拔有力，看得出來經常運動，難得的是有種說不出的溫文儒雅，翩翩風度，這兩種不同的氣質融合在一起，分外吸引人。

隨後，想想有點好笑自己，每年來育幼院參觀的來賓不知有多少，來來去去，過眼雲煙，不要自作多情了吧！

那一陣子，院裡為了準備迎接這些貴夫人，上至院長，下至老師院童，全忙得人仰馬翻，除了把全院打掃得一塵不染外，還要準備做簡報的資料和圖片。想想平日也偶爾塗塗寫寫，投個小稿，因此這部分就由她來統籌，忙得她根本無暇再想其他。

等到一切人致就緒，想想也累得病倒下來，她本來就有氣喘宿疾，一忙一累，加上灰塵刺激，想不發作也難，因而國際婦女會的夫人們來的那天，她只能乖乖躺在家中休息，想到不能再見到趙中傑，心中有點悵然失落。

沒想到隔了兩、三天，趙中傑忽然打電話到家裡來，問候她的病情，表示想來看她。想想嚇了一跳，直覺的反應是屋子又破又小，怎麼見人？推拖了半天，仍擋不住趙中傑的殷切堅持。

趙中傑提了一盆蝴蝶蘭，走進小院，才發現廊下掛了幾十盆不同品種的蘭花，忍不住自嘲：

「糟糕，我帶的花還不如你們自己家種的好！」

「那是爸爸種的！」想想把客人讓進屋內，一邊抱歉地說：「對不起，屋子實在太小太亂了……」

原來是公家宿舍，兩間小臥室，客廳兼餐廳，加上廚房廁所，五坪不到的小院子，總共也還不過二十坪。不過，趙中傑似乎並不在意這些，只興致盎然的觀賞著牆上的水墨畫。

「是妳畫的嗎？」趙中傑問。

「不是我，是爸爸……」

「伯父好雅致，又養蘭又畫畫，一定是位藝術家了？」

想想沉吟不語，她要怎麼告訴這位新認識的朋友，她的父親只不過是個退伍的老兵，做了一輩子的文書上士，閒暇唯一的嗜好就是養養花，畫幾筆水墨，不與世爭，不為己求。

「妳的名字很有意思，愈想想，不知有什麼特別典故？」趙中傑好奇地問。

想想笑著解釋說：「原來爸媽一直不知道取什麼名字好，有一天爸爸突然看到李白的一首詩，其中有句『雲想衣裳花想容』，爸爸說，那就想想吧！」

「嗯，雲想衣裳花想容，的確對妳再恰當也不過了。」

趙中傑深深看了想想一眼，意味深長的說，想想沒來由的一陣心亂，羞澀的低下頭。

雖然後來想想一直提醒著自己，她和趙中傑是兩個世界的人，不單家世懸殊，學歷也相差一大截。中傑隨著外交官父親駐防不同國家，精通好幾國語言，又是美國史丹福大學的碩士。而她呢？只不過是個連考三年大學都落榜的商科學生。談面貌，算不得有多出色，只能說是清純罷了，她拿什麼去高攀人家？

其實，想想平日並不是一個沒有自信的女孩，唯獨這件事，不知為什麼，她有著深深的自卑感。

然而，是誰說過，男女之間沒有友誼，只有愛情？當愛情來臨時，又有誰躲得過呢？

她也曾為此問趙中傑說：「你有機會認識那麼多漂亮的女孩子，為什麼單單喜歡我？」

「因為妳不一樣，」趙中傑深情的看著她，誠懇地說：「沒錯，我曾經交過許多女朋友，她們漂亮、大方，而且開放，可是跟她們在一起，永遠都是約會啦、shopping啦、怎麼打扮得更漂亮啦！實在沒什麼內涵……

「而妳，像溪邊的小花，清新自然，沒有任何矯飾，妳讓人看到的就是妳自己，更何況，妳有一顆最柔軟的心，這是妳最大的珍寶，妳知道嗎？」

情話總是讓人陶醉的，陶醉中渾然忘卻兩人之間的差距，天真的以為愛情可以跨越一切的鴻溝，包容一切的歧異。

那段時間，想想經常帶著趙中傑逛夜市，一個攤位一個攤位的嚐遍台灣各式小吃，吃得趙中傑大呼過癮。

「哇！我從來不知台灣有這麼多好吃的東西！」

想想取笑他：「你呀！你是養在深宮人未知……」

「亂講，我又不是女人！」

他們一起逛夜市、花市、龍山寺、看華西街殺蛇，在地攤買五十元一件T恤，五百塊仿冒的勞力士金錶……逛得趙中傑眼界大開，對一個長年居住在國外的人來說，這一切都十分新鮮，而且充滿了趣味。

那一天，趙中傑開著他新買的朋馳跑車，說要帶想想去陽明山看台北燈火。想想說：

「台北燈火有什麼好看，我帶你去另一個地方！」

結果，車子開到擎天崗，廣袤的大草坡，隨風飄動的菅芒花一望無際，雲闊天低，星星分外亮眼，趙中傑躺在草坡上，伸開雙臂，深深吸一口氣，讚嘆地說：

「好舒服，好像什麼凡思俗慮都忘掉了！」

想想指著天上的星星，拉著中傑問：「你知道那是什麼星嗎？」

中傑有點不好意思地說：「哈！所有的星星裡，我只認得北極星！」

想想乾脆扮演起星象解說員，告訴他什麼是大熊星座、小熊星座、銀河系以及牛郎織女星……還告訴他一個有關北斗七星的神話。

「傳說有位富翁找人蓋房子，結果泥水匠蓋的房子四個角歪歪斜斜，氣得富翁拿刀追著殺他，富翁的兒子趕快追出去阻止父親。」想想拉著中傑的手，指著天上的星星：「喏，你看，那個杓子就是蓋歪了的房子，杓柄的那三顆星就是水泥匠、富翁和他的兒子……」

中傑驚奇的張大了眼睛：「天哪！妳怎麼懂得這麼多天文知識？」

想想忽然沉默下來，半天，才輕輕說：「五歲的時候，媽媽過世，臨走前幾天，媽媽告訴我，她要去一個很遠的地方，我問她有多遠，她說就像星星那麼遠……以後，每次心裡有事，或是情緒低落，我就會抬頭看星星，彷彿媽媽就在那裡。」

中傑感動的把想想摟在懷裡，心疼地說：「放心，我會永遠陪妳一起看星星！」

只不過看完了星星，還是要回到人間。

他們認識了大半年，中傑一直想帶想想回家見父母，想想總是三推四阻。那年的感恩節，正好是中傑二十八歲的生日，他想舉辦個家庭party，以兩人的感情，想想再也推託不得，只好答應。

想想原以為只是簡單的家庭聚會，萬萬沒有料想到，當車子來接她，竟然是到圓山大飯店。金碧輝煌的大廳，衣香鬢影，當她剛踏進大廳時，喧譁的人聲突然安靜下來，賓客的目光齊向她射來，那一刻，想想恨不得立刻返身逃走。

每個人都是衣冠楚楚，尤其是女士們，更是爭奇鬥豔、五花八門，看得人眼花撩亂，唯獨想想，一身藍色碎花的布衣裙，夾在那一群衣履光鮮的賓客中間，不用別人說，想想自己都覺得十分突兀，偏偏每個人都好修養的故作視而不見，更加令她有如芒刺在背。

只有中傑渾然未覺，興奮的帶著她四處介紹。中傑的父母也並不如想想預測的那樣高不可攀，他們溫和、有禮，有著長者的親切，尤其是中傑的母親，執著想想的手，殷殷垂詢。緊張之餘，想想平日還算流利的言辭也變得結結巴巴、辭不達意。

更糟糕的是她不會跳舞，不懂西餐禮節，一連串的出糗，手忙腳亂，想想只恨沒有一個地洞讓她可以鑽進去。

她發現她來錯了地方，這不是屬於她的世界。

那天晚上，想想站在窗前，望著天上的星星，默默問：「媽媽，妳覺得我和中傑真的適合嗎？」

這之後，她和中傑的父母又見了幾次面，他們總是有意無意間鼓勵想想多念點書，甚至，中傑也含蓄地說：

「想想，妳要不要晚上去補點英文？」看她沉默不語，又多加了一句：「我幫妳出學費好了！」

這句話倒真是傷到了想想的自尊心，她雖然從小家貧，卻還沒窮到要男朋友接濟的地步，佛然不悅地說：

「不用，我自己有錢！」

「有什麼關係，爸媽說，妳現在把英文學好了，將來跟我一起出國，爸媽希望我再讀個博士，要想在外交界立足，學位還是很重要的……」

中傑滔滔不絕的說著，想想才知道，原來，中傑的父母在他倆身上有一整套計畫，他們雖未看輕她這位「灰姑娘」，卻一心一意要把她改造成他們理想中的兒媳婦，一位標準的外交官夫人。

「但我想要這樣的人生嗎？」

那段時間，想想經常在內心反問自己，她找不到答案。矛盾、掙扎，使得她每天食不下嚥、夜不安枕，連父親都發現她的消瘦，關心地問：

「乖女兒，有什麼心事嗎？」

想想望著頭髮斑白的老父，當年河北師範學院的高材生，一場戰亂，失去他所有的憑藉，委身在軍中當一名下級軍官，卻安貧樂道，淡泊明志。退休之後，養花、打拳、練字、畫畫，到公益團體當義工，把他的生活安排得豐豐富富。想想羨慕父親的清靜無為，瀟灑自在，而她，卻為愛所苦，為情憔悴。

想想忍不住問父親：「爸，你覺得我跟中傑相配嗎？」

「孩子，沒有什麼配不配的，沒有誰天生比人強、比人好，每個人的生命在老天眼裡，都是一樣尊貴，問題是妳要怎麼樣看自己！」父親愛憐的看著她說：「爸爸從不干涉妳的感情，但爸爸提醒妳，不論妳選擇什麼樣的對象，將來過怎樣的生活，都不要失掉妳原本單純質樸的本性……」

父親的話讓她思想了好幾天，心中的雲霧漸漸散開。沒錯，她愛中傑，可以為他改變自己，做一個符合趙家要求的媳婦，但她承認，她一定不快樂；同樣的，要中傑放棄他的理想，甚至政治前途，遷就她，過著平淡無波的家常日子，中傑即便肯，也一定不快樂，何況對他也不公平。

倘若一個人不快樂，另一個人的快樂又從何而來？到最後，愛會變成一種負擔，甚至，一種折磨，她期望這樣的婚姻嗎？

儘管想想想得很透徹，理智告訴她，他們不適合再繼續下去，但人畢竟是感情的動物，心裡對這份愛仍充滿了依戀，實在很難開口對中傑表白，一直到哈雷彗星過境台灣。

早在兩個月前，想想就一再告訴中傑，哈雷彗星要來，吵著要中傑開車載她南下觀賞，相對於她的興奮和期待，中傑表現得似乎並不熱中。

「看一顆星星，有必要跑那麼遠嗎？」

「哈雷彗星不一樣呀！它七十六年才會經過地球一次，許多人等了一輩子都看不到的奇景吔！」

中傑禁不起她的纏磨，最後還是開著車帶她南下。哪裡知道到南台灣看哈雷彗星的人還真是不少，車子一上了高速公路就塞得幾乎動彈不得，一路走走停停，磨了快十個鐘頭，好不容易到了墾丁，想想就拉著中傑往海邊跑，中傑無奈地說：

「妳可不可以讓我先洗個澡，吃點東西，休息一下？」

「不行啦！再晚去就找不到好位置了！」

坐在海邊的小沙丘上，想想拿著望遠鏡，像個興奮莫名的孩子，喋喋不休的說：「你看，就在半人馬座和天蠍座的下面，那條長長的光束，哇！好亮好美，中傑，快看……」

一轉頭，才發現中傑已躺在沙灘上睡著了，想想像是被人兜頭潑了一盆冷水，說不出是委屈是失望，強壓下即將溢出的淚水，想想讓自己慢慢冷靜下來，她終於認清，她和中傑就像兩顆不同軌道的星星，在某個時空交會相遇，互放光芒，觀照彼此，然後奔向不同的方向。

「也好，就讓自己留下一個美麗的記憶，就如同這顆哈雷彗星。」想想默默的告訴自己。

墾丁回來後，她陪父親到大陸探親，臨行前，留下一封告別信給中傑。

十年後，想想已經結婚，有個四歲大，小名叫中中的兒子。丈夫農專畢業，憨厚老實，一身的鄉土氣，就在陽明山山仔后的花圃工作，她就近在山區迷你小學教課，日子過得簡單樸素。

偶爾，她會從媒體上看到中傑參加一些官方活動，依然是那樣挺拔帥氣、神采飛揚，聽說他也結婚了，太太是名門之後，許多人都推許他為政壇的明日之星。

心中沒有絲毫的傷感和遺憾，有的只是感謝和深深的祝福，感謝他的愛，以及曾經相處的那段美好歲月，在她的生活裡，永遠閃耀著像星星一樣的光芒。

羅密歐與茱麗葉

剛剛走出電影院，維心還沉浸在《羅密歐與茱麗葉》淒美浪漫的劇情裡。正是懷春少女，對愛情充滿了憧憬與幻想，只是那樣一個悲劇性的結局令人唏噓不已。

不知什麼時候，身邊多了個大男生，衝著她就說：「妳長得好像電影裡那個女主角喲！」

維心看都不看對方一眼，心裡冷「哼」一聲：「老套！」

對方看維心愛理不理的樣子，趕緊補充說：「真的，我沒有騙妳，妳真的很像茱麗葉，不只外形像，而且氣質、神態也像……」

「那又怎樣？」維心沒好氣地說。

「我能跟妳做朋友嗎？」

哈！狐狸尾巴終於露出來了吧！這些臭男生都是一個德行。

維心從小就是眾所周知的小美人，從上小學開始，就不斷有小男生獻殷勤、巴結她，繞著她轉，類似的話不知聽過幾百遍了。

她好笑的打量一眼對方，意外的發現這個男生長得還滿帥的，有點像港片裡的鄧光榮，但又怎麼樣呢？帥氣的男生她又不是沒見過。倒是對方身上背著的一把吉他，引起她的興趣，維心自己不懂音樂，看見別人彈，不免羨慕，忍不住問：

「你會彈吉他？」

「我是吉他老師呢！妳要不要學？我可以免費教妳！」

接觸了之後，維心才發現這個叫秦伯強的大男生才華不是一點點，除了精通各類的樂器之外，也極有繪畫的天份，每次見面，不是跟她談一些藝文界的掌故，就是帶她去聽音樂會、看畫展。維心從小生長在一個有著十三個小孩的公務員家庭，一日三餐都已捉襟見肘，哪裡還有機會接觸音樂、藝術，認識伯強，讓她的世界突然擴大豐富了許多。

維心的家庭十分奇特，外婆曾經是當紅的酒家女，為了怕日後年華老大無人繼承衣缽，抱養了維心的母親，一心一意教導她走自己的路子，只不過從小在聲色場中長大，看多了燈紅酒綠、聲色犬馬中的男人，不論養母如何逼迫她下海，她抵死不從。

維心的母親最大的夢想就是要嫁個公務員，生養一大堆兒女，組織一個溫馨甜蜜的家庭，安安定定的過日子。經過不斷的抗爭、反叛、逃走，最後總算如她所願，二十四歲時，她嫁了一位老實忠厚的公務員。

然而，隨著孩子的相繼出生，生活面臨了嚴酷的考驗，微薄的公務人員薪水如何應付這一大群嗷嗷待哺的嘴巴，現實的壓力，妻子的抱怨不滿，使得這家的男主人乾脆逃避到酒精裡，結果造成更大的衝突。於是，日子就在爭吵、哭鬧、打罵、離家出走……不斷的惡性循環著。

維心念小學三年級時就必須打工賺錢，每個週末假日以及寒暑假就到附近的食品工廠削洋蔥、芋頭賺錢，削到手指紅腫破皮，賺的錢一文不留，全部交給母親，可是母親的錢永遠不夠用。

正因為這樣的苦日子過夠了，也過怕了，加上人情冷暖，使得維心母親深切的體會「貧賤夫妻百事哀」，也認識到這根本是個「笑貧不笑娼」的社會，以致她原先架構的世界完全崩潰，人生價值觀有了一百八十度的轉變，竟然又落入她養母的窠臼，她開始貪婪的想要攫取更多的金錢，既然丈夫已無可指望，最後把主意打到維心身上。

維心上國一時，就已出落得亭亭玉立，一副小美人胚子，維心的母親逼她休學下海伴舞，維心不肯，母親罵她說：

「念那麼多書做什麼，像妳老子，做一輩子也是個窮公務員！」

維心忍不住反駁說：「妳當初不是一心一意要嫁公務員嗎？」

「我當初就是頭腦憨憨，才不聽妳阿媽的話，現在後悔也來不及了！」

「媽，妳這樣叫爸爸的面子往哪裡放？人家會笑的！」

「褲子都快當了，還怕人笑！妳是老大，妳不幫我，下面的弟弟妹妹怎麼辦？」

維心央求說：「媽，我可以休學去工作，但不要逼我去做舞女！」

「妳能做……什麼工作？賺的錢還不夠養妳自己……」

維心在一家洋裁補習班找到一份工作，晚上偷偷去念夜校，可是維心的母親始終不死心，天天跟她鬧，維心把書包偷藏在親戚家，然而，只要被母親知道，她就會上門大吵大鬧，弄得到處雞犬不寧，到最後甚至把補習班老師的手臂都打傷了，簡直到了歇斯底里、無可理喻的地步。

維心實在拿母親沒辦法，十六歲那年，乾脆逃到台北來。維心從小就喜歡縫縫補補，對服裝設計特別有興趣，她很快的進入這一行，以她的聰穎和天分，竟然和朋友開了一家小小的服裝店。

意外的一場邂逅，她認識了秦伯強，伯強對她可說是一見鍾情，她則是欣賞伯強的才華，只不過兩人都太年輕，個性都尚未穩定，加以伯強有著藝術家的性格，兩人在一起，時而甜甜蜜蜜，時而爭爭吵吵，反正小情侶大概也都是這個樣子吧！

十七歲那年，秦伯強很認真的向她求婚，她不敢答應，她還年輕，不想這麼早走入婚姻，更何況，父母的婚姻也讓她心生畏懼，就故意刁難伯強：

「你一點事業基礎都沒有，結了婚，你拿什麼養我？」

「妳不是會做洋裁嗎？妳可以養自己呀！」伯強居然很天真的回答。

「那我又何必結婚？」

伯強想反正兩人都還年輕，來日方長，加上沒多久就接到兵役通知，入伍當他的大頭兵去了，沒想到這時，維心的服裝店又出了問題，她母親找到台北，要逼她做舞女的念頭始終沒斷，三天兩頭的到服裝店騷擾，任意搬取貨品，甚至代收款項，目的就是要維心負一筆債務，走投無路之餘，乖乖去做舞女。

維心被母親逼得幾乎想跳海，正好此時某電視台的導播大力追求她，為了擺脫母親的糾纏不清，就對那位導播說：

「只要你能擺平我媽，我就嫁給你！」

維心的母親無非就是要錢，導播給了她一棟房子，一筆數目不詳的聘金，娶回了維心。

這樣的婚姻基礎，基本上並不穩固，雖然婚後育有一子，但並不能保證兩人的感情不起變化，導播處在演藝圈，多的是想要一圓明星夢的少女主動的投懷送抱，兩人的婚姻很快亮起紅燈。

就像所有感情不和的夫妻，爭吵、哭鬧、冷戰、熱戰……不斷的交替著，然而，男人三妻四妾、花天酒地是正常的，女人應該認命這樣的傳統觀念，根深柢固的深植在維心腦海裡，使得她不斷壓抑自己，丈夫的花心更讓她對婚姻產生極度的不安全感，久而久之，她竟然罹患「精神官能焦慮症」，每次發作就焦慮緊張、疑神疑鬼，甚至無法呼吸，有種窒息的痛苦。

而丈夫卻背著她四處放話，說維心和她母親一樣，都有精神病，是個不正常的女人。

三年半的婚姻雖然帶給維心精神上極大的折磨，但她從未想過要離婚，她相信丈夫總有一天會回頭的，何況她還有兒子，兒子是她的心肝寶貝，她不願兒子受到傷害。

導播大概戲導多了，竟然設計了一個圈套。有一天，他告訴維心，他在外負了一大筆債，為了不連累維心，希望他們先辦個假離婚。

看她一臉疑惑，導播一副很誠懇的樣子保證說：「放心，等我問題解決了，我們再辦結婚手續！」

這個時候，維心的父親被黨部徵召參選民代，要維心回鄉助選，導播順水推舟說：「這樣也好，免得我的事業牽累爸爸，萬一有人藉此攻擊他……」

「你確定這只是暫時的？」

「我承認婚後有很多地方對不起妳，老實說，這一段婚姻我們走得都很辛苦，趁此做個結束，等妳回來後，我們再重新開始，妳不是一直埋怨，當初婚結得太倉卒，我都沒好好追求妳，那麼就讓我重新追妳一次好嗎？」

丈夫的話說得如此誠心誠意、合情合理，維心大受感動，是的，她也願意重新開始。於是，欣然簽下離婚協議書。

沒想到等她為父親助選完畢，回到台北時，才發現房子已經換了主人，丈夫和兒子搬得不知去向，更糟糕的是她從朋友口中知道，丈夫根本沒有負債，完完全全是個騙局，維心傷心欲絕，跑到丈夫的公司質問，丈夫卻一臉輕鬆的回答：

「字都已經簽了，妳以為我們在玩家家酒啊！」

「你明明說是暫時的，還說要重新追求我，你為什麼騙我？」

丈夫竟然譏笑她：「妳也老大不小了，還會相信這些話？」

維心氣得幾乎快要崩潰，天天找丈夫吵，而且她想念兒子，她要兒子回到身邊，丈夫被她鬧得不耐發狠說：

「妳再吵，我就把兒子送出國，讓妳永遠見不到！」

婚姻生活雖然不堪，但從未想過要離婚，卻莫名其妙的離了婚，心中不只是憤怒，而且不甘，她絕不要丈夫的狡計得逞，一狀告上法院。

她必須先自首，承認那份離婚協議書是偽造的，結果官司還沒打，就先被法院以偽造文書罪判刑六個月，緩刑三年，接著就是漫無止境的法律訴訟，民事官司本來就冗長緩慢，這場官司足足打了五年。

維心形容說，這段時間在她有如煉獄，因為她心中只有恨，滿腔的怒火和報復。朋友向她傳福音，她不屑地說：

「我自己都好得可以當神了，還要信什麼神？」

維心忿忿不平，從小為父母、為弟弟妹妹、為丈夫兒子，永遠都是她在付出、付出，到底她做錯了什麼事，要得到這樣的懲罰？如果有神，神公平嗎？神在哪裡？

痛苦到了極點，她想到死，一死百了，什麼煩惱也沒有了。第一次跳海沒有成功，第二次她把自己關在屋裡，門窗緊閉，然後打開瓦斯，誰知道等了許久，頭腦還是清醒的，一點都沒有中毒的跡象，搖搖瓦斯筒，才發現瓦斯正好沒了。

維心不知該哭還是該笑，但是另一個念頭卻浮現出來，難道真有一位上帝在保佑她？難道真如那些教會朋友所說的，每個人的生命在神眼裡都是珍寶，所以神不要她放棄自己？她開始上教會、聽福音，她發現傷害她最大的不是別人，而是她自己，她心中的恨，什麼時候能夠放下這個重擔，什麼時候才能釋放自己！

《聖經》上說「要原諒你的仇敵，為那逼迫你的禱告」，這個功課好難學呀！可是，當她一點一點原諒母親，原諒丈夫，她的心也一點一點打開，竟然能從另一個角度去看母親和丈夫，她發現他們才是真正的可憐人，陷在金錢和情慾裡無法自拔，她也想起耶穌釘在十字架最後說的那句話：

「天父，求祢赦免他們，因為他們所做的，他們不知道！」

官司終於打贏了，離婚無效，可是維心已經不想再為難丈夫，因為她了解丈夫根本不是一個適宜結婚的男人，一紙婚約到底能約束他多少呢？

丈夫也很坦誠的說，他不可能改變自己，並且告訴她：「妳若不甘心的話，我再寫一份離婚協議書給妳！」

甚至，丈夫還調侃她說：「女人過了三十歲就蒼老得很快，趁著還年輕，趕快找個愛妳的人嫁了吧！」

這一年，她正好三十歲。

她再一次簽下離婚協議書，雖是滿心感慨，卻是心平氣和，不尤不怨，只不過被認識她的好朋友罵慘了：

「官司打贏了，結果還是離婚，第一次和第二次有什麼不同？白白浪費五年的青春！」

「沒見過妳這麼笨的女人，一毛錢也不要，真是便宜了他！」

對維心而言，這兩次離婚的意義截然不同，第一次是她在不知情的情況下，受人擺弄，毫無回手餘地，而這一次，她證明女人雖處弱勢，卻不能輕侮，她爭的其實不是那一紙婚約，而是女性的尊嚴，這是多少錢都買不到的。

雖然一無所有，甚至連孩子的監護權也歸男方所有，但維心卻覺得有如脫胎換骨一般，對自己充滿信心和肯定。她決定有生之年做一名傳道人，傳福音給同樣失婚的婦女。

那天，維心參加以琳教會的聚會後，信步走在忠孝東路四段，熙熙攘攘的人群，摩肩接踵，她不經意的四處瀏覽著，猛然看到一個熟悉的身影，正好對方也看到她，兩個人都忍不住驚叫起來。

「啊！維心！」

「伯強！」

抬眼看天，晴空無雲，陽光亮麗，周遭的人潮如晃動的流水，一時之間，維心分不清是真是幻，直到伯強緊緊握住她的手。

算算時間，兩人已有十多年不曾見面聯絡，恍如隔世，又如昨日，驚喜激動讓兩人久久說不出話來。

秦伯強已脫去少年的青澀，更加的成熟穩重，多年的努力，他已成為一名成功的美術設計師，有自己的工作室。他仍然未婚，並不是沒有戀愛的機會，而是無人能敵過他心中永遠的茱麗葉。

而維心，卻已歷盡滄桑，滿身傷痕。聽完維心這些年的遭遇，伯強心疼得淚流滿面，緊緊摟住維心，哽咽說：

「妳這個傻女孩，妳這麼不懂得保護自己，以後我再也不會放妳離開了……」

最不可思議的是，怎麼又在街上相遇？是注定他們要結這一段良緣的嗎？

婚後，維心創立了多處婚姻協談中心，輔導協助那些丈夫有外遇，或者是飽受家庭暴力的婦女，並且給予服裝設計及洋裁訓練，幫助她們自立。

顛覆了莎士比亞的戲劇，台灣版的「羅密歐與茱麗葉」經過一番迂迴曲折，最後竟然以喜劇收場。

將我的最愛託付你

多年不見的呂來看我。

坐在面山的窗前，娓娓述說著彼此的近況。呂這些年事業一直不順，一年多前才剛結束他手中最後一間店面，接著一場大病，鬼門關前走了一遭，整個人像是經過一場戰爭的洗禮，劫後餘生，有慶幸，也有無限的感傷。

談話中，不經意提起一位我們共同的朋友——胡。胡在十多年前曾幫伊甸設計聖誕卡義賣流程，是一位很有企業頭腦的人，舉凡市場走向、行銷策略，他都一清二楚，抓得很準，替伊甸的企業部門打下很好的基礎。

老實說，初次見到胡時，有點意外，他的外表並不像別人形容的那樣精明能幹，或許是因為他有唇顎裂的關係，雖然動過多次手術整形，但仍然影響到他說話的速度和清晰。

聖誕卡義賣前後只有短短兩、三個月作業時間，由於我們行銷的對象是各大、中小學，幾乎遍及全省各個角落，因此人員配置調動、進貨、補貨，龐雜繁複，不但時間緊迫，而且環環相扣，只要一個疏失錯誤，都會影響整個進度，造成無法彌補的損失。這個時候，就看出胡的大將之風，那真是指揮若定，從容不迫。

我們合作了兩年，他轉往協助另一所殘障機構，此後彼此都忙，少有聯絡，只偶爾間接聽到他一些消息。所以，當呂告訴我胡已過世時，我當真嚇了一大跳。

「他身體不是一向很好嗎？怎麼會突然……？」

「聽說得了什麼急病！」

「啊！」沉默半晌，忍不住關心問：「那他太太和小孩呢？」

「他太太改嫁給他的一位好朋友，好像是他臨終前就安排好的……」

我一時驚愕得說不出話來，那種感覺很奇特，難以置信，卻又有著很深的感動。中國人一向忌諱死亡，絕少談身後之事，尤其深受士大夫觀念影響的中國男人，巴不得死後太太為他守寡一輩子，怎麼可能還為太太的未來預做安排？這是怎樣的一種心情、怎樣的一種愛？

胡的太太——賴，我也認識，一個相當明媚大方、十分開朗的女性。七十五年底我帶「喜樂四重唱」到香港訪問演出，正好賴也有事要去，遂與我們同行，同住一間旅舍，閒來無事聊天，年輕人最感興趣的話題就是愛情，不知怎的，大家就追著問賴和胡的愛情故事。

賴生長在一個十足保守的家庭，父親管教極嚴，高中畢業後未能考取大學，父親也不允許她外出工作，只要她幫忙做做家事、照顧老祖母就好，怕的是社會複雜，擔心她一個女孩子吃虧受騙。可是年輕的心怎麼關得住呢？正好她從教會的刊物上看到長老會文字中心徵求幹事，就偷偷去應徵。

面試的就是當時擔任文字中心經理的胡，同時應徵的還有好幾位，但當胡聽到她曾因信仰遭受家人極大的攔阻和逼迫，便決定錄用她。

賴開始試圖說服父親：「教會機構很單純，教友也都很有愛心，我可以跟他們學很多……」

父親雖然一再反對她信「洋教」，但也認同教會是個很「乾淨」、很有愛心的地方，於是在賴百般央求下，總算同意賴去上班。

賴深怕失掉這份得來不易的工作，加上初入社會，格外謹慎勤奮，不懂的事就趕快請教別人，看在胡的眼中，不只是欣賞，而且別有一番感情在心頭。

賴自己倒是一無所覺，一則胡是主管，再則年歲大她甚多，在她們這些初出校園的小毛頭眼裡，已經算是「中古人」了，倒是常看到胡的姊姊不時逼他去相親，成為她們背地的笑談。

不過，有一點讓賴佩服的是，胡很有組織能力和企畫頭腦，工作認真拚命，一般教會機構很少有不賠錢的，唯有文字中心，在胡的經營管理下，業務蒸蒸日上。

從同事及許多教友口中，賴也多少知道一些胡的家世背景。胡的父親是一位在台東山地傳道的牧師，一生歲月奉獻給原住民，並致力於布農語的《聖經》翻譯，母親結婚時就了解單憑一個山地牧師的薪水是不足以養家的，加上山區醫療落後，許多原住民婦女死於難產，才開始下決心念助產學校，後來成為原住民口中極受愛戴的助產士媽媽。

胡是八個兄弟姊妹中最小的一個，不知母親是產齡已高，造成基因突變，或是母親在懷他時，仍然騎著腳踏車外出接生，山路崎嶇，孕婦又重心不穩，曾有幾次摔倒的紀錄，不知是否因此傷到腹內的胎兒，總之，其他兄姊都身體健康，唯獨胡一出生就有唇顎裂，這也使得他的童年比別的孩子來得辛苦艱難。

唇顎裂不只影響顏面的美觀，更嚴重影響到語言表達能力，從小不但沒有玩伴，而且飽受其他孩童譏笑嘲弄。隨著成長發育，父母也不斷帶他到台北接受最好的整形手術，外形獲得很大的改善，但一直到高中，說話仍有部分障礙，初識的人必須很仔細的聆聽，才能了解他的意思。

或許成長的背景太過孤單，他特別珍惜友情。大學時，他參加台中長老會大專青年團契，認識了三位好朋友梁、廖和董，四個人個性雖不相同，但同樣的單純、熱情，而且樂於社會服務工作，他們經常一起舉辦各類青少年活動，搭配無間，融洽得有如親兄弟一般，及至大學畢業，各自就業，隨著時空相距，見面機會不多，仍未減輕他們之間那份相知相惜的感情。

拙於言語表達，相對的長於思考，胡的朋友常形容他「沒有一個腦細胞是生鏽的」。胡初到台北時，就發現台北的馬路密如蛛網，台北的公車錯綜複雜，他們這些鄉下人進城，常被整得暈頭轉向，如墜五里霧中，特別花了好幾個月時間，搭遍所有公車，然後歸納整理出一套《台北市公車指引》，出版後十分暢銷，對胡來說，這不過是初試身手。

其實，胡很早就知道自己有生意頭腦，他的家庭以及他的缺陷使他深深了解到貧病兩者的不可分離，他接觸的環境更讓他看到弱勢者無語問蒼天的悲哀，雖然他學的是藥學，卻立志要做一個生意人，因為他認為只有賺更多的錢，才有可能實際的幫助那些被貧病所困的人。

賴工作了三個月，工作亦能駕輕就熟，和同事也相處愉快。有天下班時，胡突然邀請她去吃飯，她覺得十分突兀，一口拒絕，萬萬沒有料到胡竟然流下眼淚，看到一個大男人哭，心裡實在很怪，又覺得有點於心不忍，只好隨口敷衍：

「我今天有事，下次吧！」

下次邀請，賴仍然不想去，結果胡又哭了，哭得她手足無措，一個平日挺有威嚴的主管，怎麼動不動就落淚呢？賴有些好笑，又有些好奇，當然也多多少少有些感動，就答應了胡。

吃飯是小事，吃飯的目的才是大事，胡很直接的對賴表白，她就是他一生尋找的對象。

「我從上高中時，就跟上帝祈求，為我預備未來的伴侶，我不在意她的外表，但一定要心地純良，個性柔美，而且懂得上進……妳就是這樣的人！」

一開始，賴不能接受，她也很清楚的告訴胡：「我不喜歡生意人，我將來要嫁給牧師！」

可是，隨著時間，賴越來越感受到胡的真誠和癡情，他的細心體貼常讓她有深深受寵的感覺，甚至胡把他多年前的日記拿給她看。

「當你看上一個人後，你就應當以完全的愛與責任去愛她、接受她、寬容她，你有絕對的責任去對自己的愛負責，不會輕易離開她。」

「我希望我將來能有一個甜蜜的家庭，一個心愛的妻子，一群孝順乖巧的兒女。」

「我可以純情豪情地對她說：『妳是我的皇后，妳是我冠上最璀璨的珠寶，我的王國是妳的磐石，我的憂勞是妳的愛憐，這是我少年的夢。』」

「對愛的懦弱就是對愛的不忠實。」

賴沒有想到胡竟然是這樣一位感性的人，怪不得胡自稱他是「純情派的擁護者」呢！看來在這個年代也算是稀有動物了。

在另一方面，賴也看到胡對父母的孝順，與兄姊的親密友愛，對朋友毫無保留的付出，以及對弱勢者服務的心志，在在讓她既感動又感佩，自然而然的接受了他。

婚後，他們定居台北，胡也開始自己創業，每天忙得不可開交，加上他為人熱忱，別人有事求他，總是一口承諾，經常把自己累得臉色鐵青。

胡的幾位好朋友也分別來到台北，不時相聚一起，廖和董原本學醫，這時已成為正式的醫生了，也都結婚生子，只有梁，後來又去念神學院，做了牧師，仍是單身一人。

這三位朋友中，賴最欣賞梁，常對胡說：「梁的信仰最虔誠了，人又穩重成熟，你要多跟他學！」

不知為什麼，胡從小就覺得自己活不長，他常對賴說：「我看我最多只能活到四十歲，我死之前，一定要幫妳找個比我好的丈夫！」

這種話還不只對賴說，也常對他的好朋友說：「我這麼好的太太，將來誰娶她誰幸福！」

初初開始，大家都覺得很彆扭，心裡有些毛毛的，久而久之，也都見怪不怪，只當他愛說笑。

結婚十年，他們養育了兩個寶寶，民國八十一年初，賴陪兒子赴美探親。有天晚上，胡請一堆朋友吃飯，席間有道烤燒鰻，胡誤以為是生魚片，一口吞下，喉嚨突覺一陣刺痛，但有朋友在場，只有隱忍下來。

就是這種隱忍的個性延誤了病情，第二天連續吐了一千多C.C.鮮血，由於失血嚴重，急診送醫時，人已進入半昏迷狀態，醫生也沒弄清楚狀況，只給他開些止血藥，結果又造成第二次延誤，不但吐血不止也開始屙血，家屬察覺情況不對，緊急轉院，才檢查出是因為魚刺劃破食道引起大出血，立刻送進手術房，前後輸了六千C.C.血才轉危為安。

這時，賴也接到長途電話，連夜搭機回台，看到胡蒼白虛弱的樣子，心疼不已。

本來大家都為胡的逃過一劫慶幸，奇怪的是傷口已經癒合，理當出院回家，卻仍然高燒不退，反覆不斷的檢查，始終查不出原因，即便最好的抗生素也無效，持續燒了兩個月，原本壯碩的身體被折磨得只剩下一付骨架子。

從一入院，胡就預感自己恐怕再也走不出醫院，開始安排後事，把他的財產、來往帳目一一交代清楚，最後，他望著賴，眼中有戀戀不捨的深情，說：

「我是一個基督徒，我不怕到天父那裡去，但我不放心妳和孩子，尤其是妳還年輕，又這麼好，妳一定要改嫁，找一個愛妳、疼妳的丈夫！」

賴本來就已心亂如麻，這種話聽了更加傷痛，趕快阻止他：「不要胡思亂想，你只是發燒而已，等燒退了就可以出院了！」

隔了幾天，胡又提起：「我一定要妳嫁個讓我信得過的男人，我才能放心的走，我想了很久，梁最適合妳了，我跟他認識二十年，他的脾氣個性我最了解，他一定會愛妳和孩子，也一定會孝順爸爸媽媽，再說，妳以前不是一直要嫁牧師嗎？正好梁……」

「你胡說什麼呀！梁已經有要好的女朋友，你忘了嗎？」

胡不理會賴，自顧自的繼續說下去：「牧師的薪水不多，梁如果有需要，我們的錢可以給他……」

胡不只跟賴談這件事，也跟雙方的親友提：「等我走了之後，我希望賴改嫁給我的好朋友梁，我相信他們一定會很幸福，你們千萬不要阻止……」

人尚未死，就淨談身後之事，叫賴情何以堪，她當然知道胡是因為愛她太深，不忍留下她一人，唯其如此，才更讓她扎心的痛，但表面上又不得不裝出一副輕鬆的樣子。直到一天，當胡再度提到梁及她改嫁的事，賴心裡的堤防終於崩潰，她大叫說：

「我要嫁給誰，我自己決定，不用你操心！」

她氣胡為什麼一定要用這些話刺激她？她不要別人，她只要胡好好活下去，和她白首偕老，一如他當初應許的那樣。

每次從醫院回家，她都忍不住放聲大哭，哭胡，也哭她自己。胡正值壯年，還有很多理想沒有完成，很多夢想沒有實現，上帝真的要提早接他走嗎？她跟上帝祈求，再給胡十五年的生命，好讓胡親自看到自己的兒女長大。

只是上帝的旨意，人不能測度，胡的身體越來越虛弱，最後總算查出是一種罕見的細菌感染，可惜為時已晚，併發敗血症，導致心肺衰竭。臨終前，賴到加護病房見他最後一面，胡已無法說話，只定定地看著她，賴懂他的意思，強忍著悲痛，輕輕說：

「你放心，我會照你的意思去做，我也會好好照顧小孩……」

胡緩緩閉上眼睛，眼角流下兩行清淚。過世時，距離他四十歲生日只差兩個星期。

足足有好幾個月時間，賴無法進食，無法入睡，精神陷在半狂亂狀態，身心備受煎熬。這時親友重提她改嫁的事，奇怪的是每個人都認為她和梁是天生的一對，甚至包括梁自己的姊姊，只除了梁自己。

梁事先並不知道胡的「計畫」，胡住院時，他也曾去探視，胡並未提起，是因為顧慮他當時有女友嗎？令人不解的是胡怎麼能如此篤定他一定會愛賴、娶賴呢？偏偏大家的「目標」都對準他，使他有種被「設計」的感覺，加上女朋友又莫名其妙的分手，更讓他「反彈」。

事後談起這件事，梁半懊惱半開玩笑地說：「搞不好就是胡在暗中破壞阻撓的！」

所以，梁一開始相當排斥這門「婚事」，問題並不在於他喜不喜歡賴，他只是不喜歡被人「安排」。但是，賴的溫順逐漸化解他內心的掙扎抗拒，賴的柔情一點一點感動了他的心，不知不覺掉入「陷阱」，但他也不能不承認，賴確是個好女人，值得一個男人疼惜愛憐。

對賴而言，這同樣是個困難的開始，既不能忘情於胡，又要面對一份新的戀情，自是百般掙扎，千迴百轉，但最後決定下嫁梁，倒不純然是為了完成亡夫的遺願，而是梁自有他的才華和優點足以吸引她，再說，她本來就欣賞梁。

這段感情之旅真是走得好不艱辛，不過總算有了圓滿的結局，就在胡去世一年半後，兩人攜手相伴走上紅毯的另一端。

當教堂鐘聲響起的那一刻，相信在天上的胡看到他一手「撮合」的婚姻，一定含笑欣然地說：

「好朋友，謝謝你，我將我的最愛託付你！」

等著他長大

我記得很清楚，那年教師節，秋高氣爽的好天氣，趁著放假日，我帶著伊甸寫作班大大小小二十幾位學生戶外講學，目的地是大屯山山巔的氣象觀測站。

中型巴士順著蜿蜒的山路一路往上攀升，台北盆地漸落腳底，我忙著提醒學生注意窗外的風景，看雲在山頂飛快的遊走著，看小徑旁的菅芒花如潮水般在風中不斷拍打著車身……因為，這些都可能成為他們的寫作題材。

就在那次旅行，我認識永祥。一個個子不高，理著平頭的小男生，看外表最多不超過十四、五歲吧！戴著厚厚的眼鏡，一臉憨憨傻傻的樣子。他是陪清惠來的，清惠是我們的學生。

清惠小時不知是因腦膜炎，還是小兒痲痺，總之，在一場高燒後四肢萎縮，必須靠輪椅代步，勉強念完小學四年級後，實在因為學校環境障礙太多，加上交通不便，不得不輟學在家，但清惠極為聰穎有天份，而且十分上進。

或許是從小沒有父親的關係吧！養成清惠早熟堅強的個性，靠著不斷的自修，文筆流暢，由於喜歡文學，看到伊甸寫作班招生時，她不顧路途遙遠，也來報名參加。

清惠的功課不錯，人緣又佳，加以外型清麗甜美，老師同學都喜歡她，暱稱「小可愛」。她住永和，每次上課時，都由家人或教會的朋友陪同。

我不記得以前是否見過永祥，但就在大屯山山巔上，我們上完課，吃過午餐，接著是自由活動。大概是山上的風景太好，或是這些難得走出戶外的大孩子心情太愉快了，忽然，我看到永祥一把抱起清惠在風中忘情的轉圈子，迎著陽光的臉笑意盎然，閃現一種說不出來的神采。我心中一動，這個小男生好像有一點不一樣喲！

不過，也僅只是心中一動而已，因為在我的認知裡，他們根本不可能有什麼。清惠雖然外表看來年輕嬌小，但她實際的年齡要比永祥大許多，更何況，在教會的青少年團契裡，她還是永祥的輔導老師呢！

寫作班結業後，清惠進入伊甸工作，不時看到這個小男生穿著學校制服、背著大書包、騎著摩托車接送她。故事漸漸傳開了。

有一天，我忘記是要去上班還是下班回家，就在伊甸後門的巷子口碰到清惠，她忽然叫住我，遲疑了一下，問我：

「劉姊，妳知道我跟永祥的事嗎？」

我從不主動過問工作人員的感情生活，除非他們想找我談。

我笑笑。「聽說一些！」

她又遲疑了一下，問：「那妳有什麼看法？」

我聽得出來她話語中的疑惑和不確定感，這使我不得不字斟句酌的回答：「通常男孩子的心理成熟期要比女孩子晚很多，以永祥現在的年紀，會不會再過幾年，看法想法又不一樣了？」

「我也是這麼想，可是永祥說他不會變……」

我從不認為一個人身體的殘障就應該剝奪他愛與被愛的權利，每個人都有追求愛情與婚姻的自由；我也不認為殘障者和非殘障者交往結合有什麼不好，畢竟是他們要相伴一生，彼此的真情、相知相惜才是最重要的，只不過很多現實面還是需要考慮，譬如家長的意見。

囿於傳統觀念，許多父母在得知自己的兒女和一位殘障朋友談戀愛時，鮮有不反對的。在我的工作經驗中，有些父母甚至激烈到斷絕關係或是以死相迫。

「永祥的父母知道嗎？」

「他們對我很好，他媽媽曾經告訴他，不論我們將來發展怎樣，都絕不可傷害到我，因為他是男生，他禁得起，而我禁不起……」

這是怎樣的一位母親啊！不只是思想開通，而且心思細膩體貼，懂得處處為對方著想，我深深被感動了。永祥何其有幸，有這樣一位好媽媽；清惠何其有幸，認識這一對母子。

但我心中還是有著隱憂。在我眼裡，永祥還是個毛頭大孩子，每次見到他，不是打電玩，就是沉迷在漫畫書裡，要等他真正長大，還要等多久啊！世事多變，誰知道將來會發生什麼事呢？我只能含蓄的提醒清惠：

「感情不要一下子放得太多、太快，慢慢來，給永祥，也給妳自己時間……」

清惠在伊甸工作多年，有時還兼任我的私人小秘書，幫我代回讀者來信，常常接觸，也多少了解一些她的家世背景。

清惠生長在一個破碎、不正常的家庭，加上自己的殘障，使她從小有著極深的自卑感，母親忙於工作，家裡只有老外婆陪伴，日子過得十分孤單寂寞。

在一個偶然的機會，她接觸到基督教，信仰對她的幫助猶如蝶的破繭而出，不只是心靈空間的開放，教會生活也豐富了她的人際網路，她找到了自己的一片天。

在教會裡，她努力研習《聖經》知識，學習如何做一個好基督徒，也積極參與教會的各項服事。她極有孩子緣，很容易和青少年朋友打成一片，牧師要她擔任少年團契的輔導，永祥就是團契中的一員，也算得上是她的「學生」。

雖然身體不方便，但活潑美麗的清惠仍然有不少異性愛慕，只是由於母親一再的遇人不淑，造成整個家庭長期陷在陰霾和不安中，加以姊姊的婚姻也破裂，使得清惠對愛情和婚姻有著先天性的畏懼感，她實在很怕重蹈母親和姊姊的覆轍。

然而，哪一個懷春少女沒有憧憬和夢想呢？看到別人甜甜蜜蜜、成雙入對，她也同樣會羨慕呀！就在這種又怕又渴望的心理下，她想，與其自己煩惱，不如交給上帝作決定，於是她做了一個誠懇的禱告，為了更清楚的明白祂的旨意，她跟上帝要了一個小小的印證。

清惠除了去教會外，平日很少有機會接近大自然，她一直嚮往海的澎湃和遼闊，希望有一天能到海邊走走看看，因此，她對上帝說：

「如果祢要為我安排一個伴侶，那麼，我希望是第一個帶我去海邊看海的人！」

當然，清惠指的是男生，如果是女生，清惠認為那也算是一種答覆，表示上帝要她獨身，奉獻自己，專心一意做教會工作，那麼，她也一樣樂意順服。

從未享受過父愛的她，多麼期望有一雙寬厚有力的臂膀可以讓她依靠，如兄如父的呵護她，所以又跟上帝提了個不情之請：

「最好，那個人和我相差七歲！」

這個禱告有點浪漫，有些孩子氣，但既然上帝是萬能的，有什麼做不到呢！她把這個禱告深藏在心裡，只有上帝和她自己知道。

然而，萬萬沒有料到，第一個要帶她去海邊看海的竟然是永祥。那天，永祥的父親借了輛車，要帶全家到海邊郊遊，永祥順便邀她一起去。

「站」在海邊，清惠根本無心欣賞風景，只有一種欲哭無淚的感覺，怎麼會是這樣呢？上帝不要她結婚就算了，幹嘛找個「小孩子」開她玩笑？

懊惱的回到家，整整哭了兩個小時，心裡有說不出的委屈傷心，偏又無人可以傾訴。對於這樣一個對象，別說遐思綺念，連胡思亂想都無從想起。最後，她嘆口氣，決定把這件事拋諸腦後，免得庸人自擾。

誰知過了沒幾天，永祥忽然打電話給她，說自己愛上了一個女孩，清惠心裡一鬆，太好了，永祥有小女朋友了，這證明不是她。她高興地問：

「是誰呀？」

「妳猜！」

於是，清惠就從他們身邊認識的人開始猜起，可是永祥都說不是，一直到所有可能想到的名字都猜光了，仍然不是，清惠忍不住好奇地問：

「到底是哪一位呀？」

「就是現在正跟我講話的這一個！」

石破天驚的一句話，驚得清惠幾乎跌落手中的話筒，好半天講不出話，已經平復的心情再次被攪得起伏不安。

清惠努力讓自己的心平定下來，重新釐清自己的思緒，然後很理性的對永祥分析他們之間不可能的理由。她又回到了輔導老師的身份，開導永祥說：

「你現在只是一時的迷惑和衝動，這不是真正的愛情，過些時候，等你冷靜下來，你就會清醒過來，你應該和你同年齡的朋友交往，多出去玩，相信你很快就會忘記這件事的……」

為了避免永祥越陷越深，加上清惠自己也不願面對的心裡，她盡量不見永祥的面，不和他接觸，每次接到電話，也總是先發制人的「教訓」他：

「不要胡思亂想，趕快去做功課！」

這樣的膠著持續了將近一個月，永祥終於忍不住對她大叫：「妳知道嗎？我痛苦得快瘋了！」

清惠再次受到震撼，簡直有些手足無措，不知怎麼處理才好。她想出一個方法，故意刁難永祥，叫永祥問他母親的意見。因為她很了解天下做母親的，很少有人願意自己的兒子愛上一個年紀比他大這麼多、又身體殘障的女孩，只要永祥的母親反對，「危機」自然化解。

當晚，永祥就回電給她，他母親不反對，但要他考慮清楚再決定，決定後就不要再反悔，免得傷害到別人。

這樣的答覆大出清惠意料之外，永祥母親的開明態度，讓她又感動又安慰。長久以來，殘障朋友就一直被人誤解、輕視，難得有人用「正常」的眼光看他們，造成多少殘障朋友在感情和婚姻的路上飽受煎熬，崎嶇難行。

清惠原以為可以拿永祥的母親當「擋箭牌」，結果竟然變成永祥的憑藉。面對這個頑強固執的小情人，清惠「黔驢技窮」之餘，不得不嚴肅的重新思考兩人之間的定位，同時，她也赫然發現永祥正好和她「相差」七歲。

所有聽到這個故事的人都忍不住失笑，上帝還真幽默啊！祂確實聽了清惠的禱告，只不過……這也只能怪清惠自己，話沒有講清楚。

這之後，清惠每次做見證時，總不忘半開玩笑的對教友說：「你們若向上帝祈求什麼，一定要把話講得很清楚……」

從大姊姊和小弟弟、輔導老師和學生的關係一變而為情人，這種角色的轉換，初初開始頗為尷尬，很難適應。以前不論永祥做了什麼事，站在一個大姊姊和輔導的立場她都能接受，現在卻百般挑剔，覺得他幼稚、不成熟、毛毛躁躁……，總之，處處不對勁，兩人不時的大吵一架。

同時，四周的人對他們的交往也傳出一些不同的說法。是她主動追求永祥，甚至有人當面指責她不該那麼自私，拖累別人……種種閒話帶給清惠極大的困擾和心理壓力，所以每次吵架時，她都抱著一種自暴自棄的心理，吵散了算了。

偏偏隔不到兩天，永祥又像個沒事人似的來找她，有時她不免賭氣說：

「不是永遠不要見了嗎？」

永祥卻振振有辭地說：「誰說吵架就一定要分手？我爸媽也常吵架，但他們認為那只是一種比較激烈的溝通方式，吵過就算了！」

清惠還真拿這位小情人沒辦法，好在另一方面，她也同樣受到許多祝福和肯定，特別是永祥的父母。有一天，她和永祥去青年公園玩，永祥的母親在那裡當游泳教練，他們就順便去她的辦公室探視，永祥的母親看見他們來，很高興的介紹給她的同事說：

「這是我兒子，這是我兒子的女朋友！」

她說的不是「朋友」，而是「女朋友」，一點也不覺得兒子交一個殘障的女朋友有什麼特殊奇怪或丟臉的地方，大大方方，自自然然，在她眼裡，清惠和其他女孩子沒什麼兩樣。

而永祥，除了有些孩子氣外，倒也是位十分貼心的好情人，清惠看見別人做菜，很想有一天能下廚嘗試一番，可惜一般的爐台對坐在輪椅上的她而言，實在有點高，永祥想了很多方法，最後在輪椅上加塊木板，總算讓清惠如願以償，做了她生平的第一次飯。

知道清惠沒去過動物園，就一心一意要帶她去玩，那時動物園尚未搬遷。輪椅無法上公車，兩人又坐不起計程車，永祥就一路由永和推到圓山，光是來回的路程就整整走了四個小時。

其實這還不算遠，最遠的是到烏來，不過，永祥也承認，回來後，起碼要癱個兩、三天。

清惠從排斥這份感情到慢慢接納，她也不斷調適自己，如果這真是上帝預備給她的配偶，那麼求神多給她一些包容和愛，耐心等候永祥「長大」。

永祥高中畢業後，大專聯考，陰差陽錯的被分發到剛剛開放招收男生的實踐家專服裝設計科，一頭栽進「眾香國」。實踐家專是有名的「新娘學校」，女生個個會打扮，嬌媚美麗，看得永祥眼花撩亂。加上初當新鮮人，什麼事都新鮮，整天忙著參加各種社團活動，瘋得昏天黑地，經常連人影都看不到。

「萬紅叢中一點綠」，不必去招惹誰，自然有一大票漂亮女生圍繞在身邊。漸漸地，傳出永祥有了新的女朋友，清惠其實並不意外，她一直有心理準備，儘管難過傷心，倒也能坦然面對，只是看到永祥整日渾渾噩噩，連教會都不去了，不免有些擔心，同時她也希望兩人之間做個結束，好讓永祥可以安心的去交其他的女朋友。於是，她主動的約永祥談，告訴他：

「不論你愛上誰，我都同樣祝福你，我們以後還是朋友，你有什麼問題，照樣可以來找我。我只是希望，你可以離開我，但千萬不能離開上帝，離開你的信仰……」

這段話雖然講得輕描淡寫，聽在永祥耳中卻如受重擊，分不出是愧疚，是心虛，還是什麼，只覺百感交集，當場放聲大哭，跪倒在清惠面前。

（事後，兩人之中有一人不承認「跪倒」，只說是「蹲下」。）

老實說，這些日子以來，永祥也不知道自己到底在追求什麼，表面上看起來生活多彩多姿，內心深處卻始終浮動著一股不安和不踏實的感覺，清惠的話正好擊中他的痛處，猶如大夢初醒。

永祥回到教會，但並不表示他的心立刻回到清惠身邊，他的心仍在「遊蕩」。清惠也不勉強，抱著順其自然的態度，倒是永祥自己改變做法，他把認識的女孩子帶來介紹給清惠，成為共同的朋友，清惠也落落大方的接受了。

很多事情沒有經過比較，很難分出高下，人也一樣，一顆受苦的心靈自然要比那些未經世事的少女來得深刻而有內涵。很多時候，外在的缺陷往往有如一扇窗戶，反而更容易窺探生命內在的美和動人。

如同所有男生一樣，永祥大專畢業後入伍當兵。有人曾說「軍中是教育一個男孩成長為男人的地方」，的確沒錯，兩年的軍中磨練，使他身心皆受益不少。時間與空間的距離也讓他有機會把自己的感情做了一次很好的沉澱和過濾，他發現在他成長的過程中，清惠一直扮演著一個極重要的角色，她已經成為他生命中不可或缺的一半。

民國八十四年初夏，結束十年愛情長跑，在上帝和眾人的祝福下，他們步入教堂。這一次，永祥決定永遠推著清惠，一直走到地老天荒。

是哪裡的廣告詞「年齡不是問題，身高不是距離」，倒是讓他們兩個做了最好的詮釋。

瀕臨絕種的愛情

如玉和她的先生帶著剛剛出生的寶寶來看我。初為人母，加上愛情的滋潤，她的臉龐閃現著一種奇異潤紅的光澤。奇怪，原來那些疤痕彷彿也沒有以往那麼明顯了。望著沉浸在幸福中，一臉滿足的她，不由得讓我想起往事。

如玉是我認識多年的一位朋友。

她來自宜蘭的太平山，從小在林場長大。青山如黛、綠樹如林，大自然蓬勃的生機，如畫美景，沒有都市嘈雜的環境，險詐的人心，在那裡生活的都是一群最淳樸、最善良的山的子民。

孩子們在山林裡奔馳嬉戲，像小樹苗一樣自然長大，健康而活潑，幾乎不知憂愁的滋味。

如玉天生一對黑亮大眼，長眉如月，泛紅的臉頰總是未語先笑，她是林場公認的小美人，但如玉並不在意，她只是恣意的享受著無憂無慮的成長歲月，並且編織著少女的夢。

然而，隨著林木的砍伐，林場從沒落到關閉，伐木工人立刻面臨到生活的衝擊和挑戰。在生計艱困的情況下，山裡的居民紛紛遷出，年輕人更是成群結隊的跑到大都市打天下。

如玉十幾歲就來到台北，或許是山裡人吃苦耐勞的天性，或許也是如玉天生具有的商業頭腦和管理能力，經過幾年社會經驗的磨練，她竟然在商場上披荊斬棘，創出一番不小的局面。

她和朋友合夥開了家電子工廠，朋友負責拓展業務，她管理內部，那幾年正是景氣大好、經濟起飛的時候，不到十年工夫，她已經為自己攢下了五、六棟房子。

美麗加上能幹，身邊自然圍繞著數不清的異性仰慕者，只不過像如玉這樣條件的女孩，免不了眼高於頂，她倒也不急著嫁人，若即若離的和他們交往著。

在這些仰慕者中，有位姓湯的男孩，一直默默的愛戀著她，男孩服完兵役不久，在一家公司當小職員，面對才貌出眾的如玉，他自慚形穢，從來不敢明白表示他的心意，每次大夥一起出遊時，只要遠遠的看一眼如玉，他也就心滿意足了。

天有不測風雲，人有旦夕禍福，真是一點也不假。

那天，如玉一大清早起來，就覺得心裡怪怪的，隱隱中有種不祥的感覺，卻也說不出所以然。到了工廠，順手打開工廠的瓦斯時，不知什麼原因，「轟」然一聲巨響，如玉立刻陷身在火海中，尤其她的臉首當其衝，造成深度灼傷，雖馬上送到醫院急救，只可惜一張美麗的臉在這場大火中完全毀了。

臉上的皮膚組織受損嚴重，深可見骨，只有不斷移植身體其他部位的皮膚，新移植的皮膚又往往因感染或接觸不良而壞死，於是一次次的植皮，不但令她體無完膚，大大小小的手術竟然動了上百次。

身為資方，沒有勞保，龐大的醫藥費幾乎花光了她所有的積蓄，偏偏就在這個時候，她的合夥人以經營不善為由，匆匆結束公司業務，捲款潛逃，不知去向。

尤有甚者，當初那些仰慕她的男士們看到她那張變形的臉，一個個避之唯恐不及，早已無影無蹤，只除了這個姓湯的男孩。

湯回憶說，他第一次在病房看到她時，也驚駭得想要逃走，那已經不再是一張屬於人的面孔，可是一想到她的受苦，日後將要面對的自己，就不禁心疼落淚。

一夜之間，如玉失去了事業、美貌以及一切足以讓她引以為傲的東西，病床上，如玉不僅要忍受著肉體上極度的痛楚，更要面對人心險惡，人情冷暖，那種身心雙重的煎熬使她痛苦欲狂，生不如死。

她時而消沉灰心，不飲不食，不言不語，一心只求速死；時而狂怒暴烈，廝打嚎叫，幾個人都拉她不住，必須打鎮靜劑才能令她安靜。她折磨著自己，也折磨著四周的人，到最後連自己的家人都受不了，而紛紛遠離。

只有男孩日夜陪伴著她，安慰她，為她打氣，忍受著她起伏變化的情緒。甚至，耐心的用棉籤一點一點拭擦清理她臉上潰爛化膿而惡臭的傷口，他的細心體貼連病友和醫護人員都感動不已。

我問他：「當時，你一點都不曾想過要離開她嗎？」

「當然有啊！每次她發瘋、無理取鬧、六親不認時，也恨不得一走了之，幹嘛這麼累啊！可是總也忍不下、捨不下，再說，她是病人嘛！何必跟病人計較……」他笑著幽默地說：「沒辦法，上輩子欠了她的！」

如玉當然懂得他的心意，只是受傷後，她已經對自己完全失去信心，自認再也沒有資格接受任何人的愛了。

她對男孩說：「請你離開我吧！不要在我感情最脆弱的時候這樣對我，我會陷進去的，有一天如果你後悔，我會受不了的……」

男孩定定的看著她，輕輕地說：「妳錯了，我愛的是妳的人，不是妳的臉，不論妳變成怎樣，我都會愛妳到底！」

如玉掙扎了又掙扎，終於不得不承認她需要這份愛。因為，除了他，她已經一無所有了。

未受傷前的如玉自信滿滿，頭永遠抬得高高的，可是受傷後，她把自己關在狹小的斗室內，怕見陌生人，只為了每次出現在人前，都會引起別人的失聲尖叫，甚至露出一副厭惡恐懼的表情，就連小孩也會指著她邊跑邊叫說：

「鬼來了！鬼來了！」

她成了標準的晝伏夜出、怕見陽光的人。一直到幾年後，無意中參加了一些顏面傷殘朋友的活動，她才發現，在台灣光是因為先天或後天意外而造成顏面損傷的朋友不下數萬人，而這群朋友因著社會的不接納，幾乎都成了躲在陽光背後的人。

他們失去工作，有些因而也同時失去家庭，更因此失去自尊，甚至失去獨立生活的條件。這些人組合在一起，發起成立「陽光基金會」，為爭取自己的權益和福利抗爭奮鬥。

看到那麼多朋友不避外人歧視的眼光，勇敢的站出來，她彷彿也得到無限的鼓勵，開始積極的參與其中，也直到這時，她才逐漸調適心理，走出生命的陰影。

這一段漫長的心路歷程，也幸虧有男孩與她同行，當然，可想而知，這份感情一直不為男方家長接受。

也無怪他們，連她都不忍卒睹自己這張臉，又怎能要求別人接受？更何況是共同生活在一起。

特別是男孩的母親反對得最為激烈，她以各樣方法威脅利誘、逼迫他們分開，甚至不惜向如玉下跪，懇求說：

「求求妳離開我的兒子，放了他吧！」

她的話深深刺傷如玉的心，也不禁哭著跪倒，說：「我答應您離開他，只要他不再回來找我……」

如玉心如刀割，她能夠體會一位做母親的心，可是她心中的痛苦又有誰知道，又有誰能分擔呢？

難道愛有錯嗎？難道一個人失去臉，就連愛的資格也一併失去了嗎？

她不知道，她真的不知道！

男孩同樣陷在兩難中，他天性純孝，既不願拂逆父母、自組家庭，又割捨不下對如玉的愛，親情與愛情不斷的衝突，幾乎將他撕裂成兩半。

這其間，他們也幾經考慮，協議分手，可是每次總分開不了多久，就受不了那份刻骨的思念而又復合。

另一方面，男孩的媽媽也積極的為兒子不斷安排相親的機會、男孩無奈之餘，只好坦誠的告訴母親：

「我可以照您的意思結婚，為您娶一個媳婦，但我不可能愛對方，我這一生的愛都給了如玉……」

在這種情況下，長輩們也不敢造次，有哪家女孩肯答應一份有名無實的婚姻？事情就陷在膠著中，這一拖就是十年。

有時候，事情的轉變往往出人意料。

那年初夏，男孩的父親有事回南部老家，老家還有一位不愛台北繁華、寧願留守家園的阿媽。老阿媽看到兒子回來，順口問道：

「孫仔三十好幾了吧！哪沒結婚？到底嘸查某朋友沒？」

做兒子的猶豫了一下，囁嚅地說：「有是有一個，只是面龐不太好看！」

「帶來我看看！」

沒想到老阿媽和如玉一見投緣。如玉從小生長山野，不僅熟諳農事、家事，加上淳樸自然、吃苦耐勞的天性，而這些年歲月的歷練，使她的個性更加內斂穩重。老太太原本就看不慣城市少女的浮華虛誇，如玉正好合了她的心意，這一老一少竟然有說不完的話題。

老太太忍不住責怪兒子和媳婦說：「只要心肝好，面龐好不好看有啥米關係！」

老太太一聲令下，在短短不到一個月時間，兩人完成婚姻大事。這樣戲劇性的轉變，簡直比電影情節還要精采曲折，也讓我們這些長久以來關心他們、卻也使不上力的「觀眾」，不單為這對終成眷屬的有情人額手稱慶，甚至對這樣峰迴路轉、皆大歡喜的「劇情」，忍不住有種泫然欲泣的感動。

剛嫁過去時，如玉還有些擔心，婆家當初那樣反對，如今是否能夠全然接納她？會不會心存芥蒂，虐待她這個小媳婦？有一度，她甚且想逃婚呢！

後來事實證明，她完全多慮。

或許相處久了，公婆發現她的賢慧與能幹，逐漸改變了以往的偏見與排斥，加上做子媳的感激父母的成全，更加曲意承歡，也讓二老頗為安慰。總之，他們的相處越來越融洽，頗令如玉有倒吃甘蔗之感。

人真是一種很奇怪的動物，有了愛，便有了包容寬厚的心，許多當初耿耿於懷的缺點，此刻都化為烏有，視而不見。

有客人來訪，如玉不自覺的順手應門，卻往往因著她的一張臉將門外的客人嚇得不知所措，一時之間她也尷尬的愣在當場。公婆看見了，不露痕跡、輕描淡寫的介紹說：

「這是我媳婦……」

「她、她的臉……」

「沒什麼，瓦斯爆炸，不小心……」

自然的態度，立刻化解了彼此那份不自在，久而久之，沒有人再把如玉當作『另一類人』。

「王子和公主結婚後，從此過著快快樂樂的生活。」這一點也不是愛情神話，而是一個真真實實的故事。

在這個快速輪轉，什麼都不確定的時代，飲食男女追逐的是朝生暮死的愛情遊戲，有誰還相信那永恆不變的愛？

雖然像湯這樣的男人已經不多見了，這樣的愛情也幾乎瀕臨絕種，可是，只要還有人堅持，愛是一生一世的承諾，我們對愛情就永遠不會絕望吧！

兒子伴郎

結婚序曲響起，紛雜的人聲漸次平息。

隨著音樂的節奏，新郎與伴郎緩步走進禮堂，大家的目光一致被新郎身旁的伴郎所吸引。

伴郎的身高尚不及新郎肩頭，稚嫩的臉猶帶幾分緊張羞澀，看年齡至多不超過十二、三歲吧！

一陣騷動，許多來賓忍不住低聲竊語。

從來新郎找來的伴郎都是他的同事或好友，這回怎麼找了個小孩子呢？小伴郎一邊中規中矩踏著音樂的步子，一邊偷眼四處張望，時不時對著觀禮的熟人做個鬼臉，故作正經的臉上掩不住的頑皮，令人莞爾。

其實我對新郎並不十分熟識，但伴郎卻是我看著他從小長大的。第一次見到他時，他尚在襁褓中。

那一年，伊甸創辦未久，辦公室尚在景美溪口街租來的那間小房子，好友秀治帶了一位年輕的女性江乃萍來看我。一張娟好美麗的臉上愁雲慘霧，雙眉深鎖，未語先哽咽。

她不是殘障者，也非殘障者家屬。秀治說，她的丈夫剛剛遭遇一場事故，使她瀕臨絕望崩潰邊緣，希望帶她來見見我，或許我可以開導她幾句。

我原以為是她先生過世，導致家庭驟變。她露出一個苦笑，無奈地說：

「如果是他死了，倒也好了！」

我一愣，到底發生了什麼事，竟然比死亡還令人難以承受？原來，乃萍的先生犯了重罪，被判死刑，關在牢裡。先生出事時，她還懷著七個月的身孕。

她清楚的記得，那天晚上，大約九點左右。她下了班，一身的疲累，拖著笨重的身子，趕著煮好晚餐，唯恐先生和小姑回來沒飯吃。

先生尚好講話，小姑難纏，常常一個伺候不到，冷言冷語倒也罷了，若再到婆婆那裡告上一狀，就真的吃不了兜著走了。

怪的是小姑沒回來，先生也沒回來。小姑交遊廣，下了班和朋友逛街、看電影也是常事，反正回不回來也從不跟她打聲招呼。倒是先生，因為個性內向，平日又沉默寡言，很少在外交際應酬，即使有也會事先告訴她，今天是個例外。

就在她等得心焦、滿腦子胡思亂想時，門鈴一陣刺耳響起，打開門，她大吃一驚，門外站了幾個穿著警察制服的彪形大漢，以及戴著手銬的丈夫羅大為。

她驚慌失措的問著丈夫：「大為，怎麼回事啊？」

大為一臉灰敗，垂頭喪氣，一語不發。

乃萍只好轉問警察；「警察先生，我先生出了什麼事啊？」

警察不耐地說：「我們要找證據！」

「證據？什麼……什麼證據！」她驚顫地問。

警察不再理她，粗魯的一把推開她，衝進屋內，就開始翻箱倒櫃，屋裡的東西被他們翻得亂七八糟，她又急又氣，忍不住質問：

「你們怎麼可以這樣？你們到底要幹什麼？」

沒有人答話，轉問大為，大為緊閉雙唇，一臉木然。

警察在室內東翻西找之後，似乎並未找到他們要找的東西，押著大為轉身離去。乃萍急得眼淚都流了出來，央求說：

「你們總要告訴我，到底怎麼回事啊？我先生他……」

「事情查清楚，我們會通知你的！」總算有位好心的警察臨走前丟下一句話。那整個晚上，乃萍如熱鍋上的螞蟻，完全失了方寸，她不知該問誰，也不知該找誰商量，一直煎熬到天亮，打開報紙，醒目的大標題，赫然是：

羅大為搶劫殺人，當場被逮！

一陣天旋地轉，乃萍幾乎當場昏倒，她簡直不敢相信自己的眼睛，可是報紙上的字歷歷在目，而且描述詳盡，不容你不相信。問題是這樣一個老實到近乎木訥的人，怎麼可能犯下這樣的重罪？

公公也遠從花蓮趕了回來。公公在軍界服務多年，也有不少關係。然而，這件案子十分棘手，一則是現行犯，罪證確鑿，再則，對方雖未致命，家屬卻不肯和解，執意要告，更糟糕的是，當時李師科案發生不久，全國震驚，餘波未平，法官在輿論「亂世用重典」的壓力下，一審判了死刑。

以後的那段日子，她不知道自己是怎麼過的，只知道她有如一隻見不得人的小老鼠，不但要躲避左鄰右舍、親友同事的異樣眼光，閒言閒語，更要忍受公婆、小姑的責難，尤其是婆婆，一口咬定，大為出事，完全是她沒有盡到做妻子的責任。

乃萍欲辯無言，她沒有想到，在她最需要安慰支持的時候，她的家人親友卻給她這樣的傷害。為了打官司，她賣掉房子，產期到了，她只好暫時把工作辭掉，租了一間小小的公寓，每天抱著初生的嬰兒，渾渾噩噩，以淚洗面，羞愧、自責以及強烈的絕望，使她幾乎沒有勇氣再活下去。

她不懂自己為什麼這樣命苦，從小出生在一個眾多子女的家庭，重男輕女的觀念下，小小的年紀就被送給別人做養女。養父母待她雖不錯，只不過家貧如洗，她從不曾享受過一個兒童應享的快樂。

養父是一名建築工人，從乃萍有記憶開始，她就隨著養父母四處打工。小小年紀的她，同樣也要搬磚、拌水泥，充當養父的下手。每年的寒暑假，更是要靠工讀賺取自己的學費。為了分擔家庭重擔，她選擇就讀高職。

畢業後，她先後換了不少工作，冰店小妹、車掌小姐、接線生……最後，總算在一家公司找到一份會計工作，安定下來。

正值青春年華，加以外形姣好，自然吸引了不少異性。有一位和她交往了兩、三年，卻因兩人都不夠成熟，在一次爭執中，負氣分手，使她飽受感情折磨。同事看她情緒低沉，好心的拉她去參加「婚友聯誼會」，她抱著半好奇的心態，無可無不可的去了。就在那裡，她認識了羅大為。

大為給她的第一個印象很好，個子很高，雖然不善言談，卻更顯出了他的誠懇樸實，加以外表斯文而有書卷味，看起來氣質不錯，正是她喜歡的那一型。

一開始，大為就表現十分熱情體貼，由於追求乃萍的異性不少，大為更是採取了緊迫盯人的做法。雖然他當時住在楊梅，仍早晚趕到台北接送乃萍上、下班，平日更是情書、電話不斷，加上鮮花、禮物，常使乃萍有深深被寵愛的感覺，而這一直是她從小所缺乏的，她多麼渴望有一個屬於自己的家，一個溫暖而甜蜜的家。

或許還處在一個浪漫的年齡，誤以為愛情就是生命的全部，她終於答應了大為的求婚。原本以為「王子公主從此過著幸福快樂的日子」，沒想到她的期望很快為現實破滅，婚前婚後的大為完全變了一個人，他的熱情似乎在一夜之間消失。談戀愛時，他溫柔體貼，可是如今回到家，卻經常陰沉著一張臉，悶不吭聲，對她也是不聞不問，你根本猜不透他的心裡想什麼。這樣的轉變讓乃萍一下子很難適應，加上這時小姑也搬過來同住，大大小小的衝突不斷，兩人的感情開始產生裂痕，漸離漸遠。

甚至，當乃萍得知懷孕的消息時，她以為大為會和她一樣歡迎這個新生命，可是大為非但沒有初為人父的欣喜，反而表現一副漠不關己的冷漠，甚至有一度還要她把孩子拿掉，令乃萍又氣又傷心。她越來越不了解大為，有時候簡直像在面對一個陌生人似的，她痛苦的是她無法走進大為的內心世界。

嫁到羅家，她才發現這個家庭的複雜。大為的父親是位高階軍官，經常駐防在外地，很少在家，這也造成大為父母離異的主要原因。大為上幼稚園時，父親再娶，於是又落入一個傳統繼母虐待前兒子的窠臼裡。其實很多時候，是因為孩子先採取敵對態度，才造成繼母的報復，總之，惡性循環的結果，一定是弱勢的那方倒楣。

父親是屬於舊式的男人，嚴肅而不苟言笑，加上是軍人的關係，無形中就給人一種威嚴的感覺，而繼母卻恰恰相反，她能言善道，心機又深，當著父親的面，她把大為照顧得無微不至，熱絡異常，父親前腳才走，她就立刻換了一張臉。

父親回來時，一則平日很少親近，再則繼母一旁虎視眈眈，養成大為把所有委屈、憤恨、不滿都壓抑在心裡的習慣，也形成他內心一道不癒的傷口。

後來乃萍才知道，出事的前幾天，大為和父親、繼母起了一次嚴重的衝突。乃萍猜測，大為是一時氣憤，失了理智，只想做件什麼驚天動地的事，讓父母出醜難看。結果毀了他自己，也毀了這個好不容易才建立起的小家庭，以及腹中的嬰兒。

乃萍一想到兒子就心痛難捨，在他成長的過程中，他要怎樣承受有一位殺人犯父親的事實，乃萍更恨自己，當初被愛情蒙蔽了雙眼，嫁給這樣一個性格不成熟的男人，以至於把她陷於四面楚歌、孤立無援的絕境。

就在乃萍最孤單軟弱的那段日子，一位從前的鄰居來看她，帶領她去教會，也因此認識一群基督徒朋友，他們的包容接納，撫慰她內心不少創痛。

然而，橫亙在面前的困難仍有一大堆，丈夫的官司已上訴到二審，每天忙著跑監獄、跑法院、請律師、籌錢……在在弄得她焦頭爛額。而孩子幼小，她也急需再找一份工作，剛好那時伊甸缺少一名總務幹事，她順理成章來到伊甸工作。

伊甸是個快樂的大家庭，伊甸的工作人員常常形容「伊甸有三多，胖子多，瘋子多，笑聲多！」正因為大家都有一股瘋狂的傻勁兒，才能投身這樣一個「工作很多，薪水很少」的社會服務機構，理念相同，自然相處融洽。

乃萍極喜歡每天清晨和所有工作人員及學生一起唱詩歌、大聲禱告的時光，是那樣的平靜祥和，充滿喜樂。信仰也幫助她了解到人的脆弱和有限，每個人都不完美，都會犯錯，都需要別人的寬恕，包括她自己在內。

尤令她難以忘懷的是同事之間相互幫助、彼此安慰的情誼，每次她出庭時，總會有同事自願陪她前往，而其他人則組成禱告網背後支持她。乃萍回憶說，若不是這些好同事，她不知自己是否能度過那段最難捱的日子。

二審時，大為終於改判無期徒刑，他們夫妻也協議離婚，主要的原因是公婆一直不諒解她，大為也未曾替她分辯一言半語，這使得乃萍心灰意冷，她覺得自己心力已盡，此後她要重新開始，過她自己想要的生活。

乃萍把家搬到伊甸附近，她的兒子小真幾乎就是在伊甸的辦公室長大的，成了大家共同的「大玩偶」。我們看著他脫離奶瓶尿布，看著他穿著圍兜兒上幼稚園，倏忽間，小真上小學了，小真畢業了……

乃萍也因為她的工作努力，職務不斷調升，先後擔任行政部和福音部的主任。

這段時間，乃萍的開朗、善體人意，以及她特有的親和力，不但使她在伊甸的人緣特佳，也引來不少男士的愛慕。其中也有一位深深打動了她的心，只不過這份感情也帶給她不少困擾，由於小真不喜歡對方，她也不願見小真重蹈父親的覆轍，使她在親情愛情之間備受煎熬掙扎，他們的感情就一直在時好時壞、時斷時續中。

乃萍自從信了主之後，一直有傳福音的負擔，也為了讓自己的感情好好沉澱一下，她申請了伊甸的公費，就讀位於桃園的一所神學院，小真也轉學到當地的國中就讀。

就在這個時候，以前的公公來找她，告訴她大為已服滿十年刑期，可以申請假釋。公公試探的問她，為了小真，她有沒有和大為復合的可能？

雖然乃萍和大為早已脫離夫妻關係，但長久以來，她仍不時帶小真回爺爺奶奶家，畢竟，小真是他們羅家的孩子，甚至，她也允許他們帶小真去探監。

從小真懂事起，她就把大為的事告訴孩子，爸爸不是壞人！爸爸只是一時糊塗，做錯了事，他也接受他應得的懲罰。在這樣正面的教導下，小真很坦然接受這個事實，也未在心理上造成任何不良影響，而且，有意無意間，對父親有一份孺慕之情。

因此，公公的提議著實讓乃萍吃了一驚。雖然，這些年她不曾再去看大為，卻不時主動寄一些教會刊物或勵志書籍給他，也常請教會的弟兄姊妹去看他，傳福音給他。這期間我也應乃萍之請，寫信鼓勵大為。

當然，她也陸陸續續聽到一些大為的消息，知道大為在思想觀念上都有很大的改變，並且也受洗，成為一個基督徒，她為大為慶幸，也由衷的祝福他有個新的開始。

儘管做不成夫妻，她仍願把大為當成朋友一樣看待，壓根沒有想到和他復合。公公的話其實也提醒了乃萍，她發現自己內心深處還是一直關心著大為，在乎著大為。

更何況，還有小真的問題……只不過從前的傷害是那樣的刻骨銘心，她很怕再踏出去。而這時，娘家的父母，所有的親朋好友也都勸她重回大為身邊，就連小真也是一臉渴羨的問她：

「媽媽，妳可不可以再嫁給爸爸？」

別人的勸告她可以不理會，可是來自她最心愛的兒子的要求，她不忍拒絕，也無法拒絕。然而，大為是否徹底改變，她一點把握也沒有，如果要她再回到從前的生活，她寧可獨身一輩子。

惶惶無助中，乃萍禱告上帝說：「我真的應該和大為復合嗎？如果這也是出於祢的旨意，請祢讓我清楚明白！」

她跟上帝要了兩個條件。一是大為願意和她一起就讀神學院，走傳道服事的路。其次，大為原定假釋的日期是在六月，她希望提早到二月，趕得上神學院招生的日期。

也許真是出於上帝的意思吧！無巧不巧，這兩個條件竟然一一實現。即使有上帝的「保證」，但乃萍仍不放心，她並未立刻答應大為，她要繼續觀察他。

大為說：「好，那麼我要重新追求妳！」

於是，時間倒錯，彷彿又回到了乃萍初見大為的情景。大為也恢復了他當年的熱情殷勤，甚至有一次兩人一起參加佈道會、做見證時，大為竟然當著台下上千名觀眾說：

「江乃萍是我的女朋友，我正在追求她，你們要為我禱告，讓她趕快嫁給我……」

台下大譁，掌聲歡呼不斷，窘得乃萍恨不得找個地洞鑽進去。

同讀一所神學院，生活起居都在一起，朝夕相處，乃萍從很多小地方確實發現大為的改變。或許是十年牢獄生活，使他有足夠的時間沉潛自己，思想及人格上明顯的成熟許多，信仰也幫助他打開心門，懂得藉著禱告和弟兄姊妹的交通，把心中的傷痛和陰影釋放出來，這使他的個性開朗不少。

他們常在一起禱告，往往為以往年輕時所犯的錯誤，痛悔不已。

在那一刻，乃萍覺得她和大為的心越來越接近。

儘管未來仍有許多未知數，但乃萍願意再給大為、也給自己一次機會。這一次，有上帝做他們的見證人，她放心多了。

同樣的結婚進行曲，不同的是新郎身旁的伴郎換成了他們的兒子小真，這一家三口走在紅毯路上，往事如煙，前路迢遙，乃萍有些辛酸，有些欣喜，有些說不出的感觸，望著並立一旁的丈夫和兒子，淚不知不覺流了下來……

一枚紅寶石戒指

二十歲生日時，母親送我一枚紅寶石戒指。

家鄉的習俗，二十歲是一個大生日，特別是女兒未出嫁前，父母總要慎重其事、風風光光的為女兒慶生，日後女兒嫁入人家，再也無法可以像在爹娘身邊那樣，恣意發嗲撒嬌。

我的二十歲其實沒有絲毫青春光彩的顏色，記憶中就是進出醫院，吃藥、打針、關節疼痛。除此之外，乏善可陳。

我不記得有什麼慶生活動，只記得母親把戒指給我，告訴我，這是外婆留下的東西。

深玫瑰紅色的戒面，四周以黃金鑲成，不大，但很純，色度也不錯，質地甚佳。

二十歲的我，手指尚未變形，十指纖纖，加以我的皮膚白皙，戴在手上，紅白相襯，分外醒目可愛。

平日我很少戴首飾，唯獨這只戒指一戴多年，直到我的手指腫脹變形，再也戴不進去為止。

這只戒指就一直珍藏在我的首飾盒內，偶爾翻出來看看，彷彿翻開一張陳年相片，只覺歲月流逝，一去不回。

前陣子，母親提起，她要趁著這一次弟弟妹妹一起回來為她祝賀八十大壽時，把她手邊所有的首飾一一分給大家，無意中說到這枚紅寶石戒指。

「這是妳外公送給外婆的定情物呢！」

我不免有些意外，拿出戒指再一次把玩。原來，這不是一枚普通的戒指；原來，這裡頭還隱藏了一個古老動人的故事。

外婆姓盧，民前十六年出生在西安，父親是一名殷實商人，家裡開了兩間書舖子和一家印刷廠，當時陝西省政府的鈔票都是由他們家印製的，可見規模之大。

外婆雖然不曾進過學堂，但家學淵源，古書倒是看了不少。外婆有一兄六弟，是家中唯一的嬌嬌女，甚得父親鍾愛，只可惜母親過世的早，父親一直未再續絃，她代理母親的角色，打理家務，管教弟弟，直到哥哥娶親，才把家交給嫂子作主，這樣的成長環境，從小練就了外婆的剛強與能幹。

十七歲憑媒妁之言嫁入唐家。外公是個洋學生，所謂的洋學生就是不念私塾，到學校接受西方式的教育，可想而知，思想觀念比較新潮開放，沒結婚前就已經有了要好的女朋友，因為家裡已經定了親，不容他毀婚，兩人乾脆背著家人在外同居，後來家裡知道了，也就睜隻眼閉隻眼。

當時的社會還是相當的男尊女卑，男人納妾司空見慣，但一定得明媒正娶的那一位先進了門，做了正房，其他的才能接回來。

由於外公心中另有他人，對外婆自然毫無感情，大禮行過之後，外婆連他的臉都還沒看清楚，他就一溜煙溜到情人那裡去了，獨留外婆守著高燒的紅燭一夜到天亮。

唐家是四代同堂的大家族，家規又嚴又多，外婆入門三天，剛從娘家歸寧回來後，婆婆就拿了一丈二的府綢給她，要她為小叔縫製一件長衫，限她第二天做好，考驗新媳婦的能耐，也是做婆婆的下馬威，為的是要殺新人的驕氣。

外婆連夜不眠趕工，如期交卷，不僅大小合身，而且剪裁精巧，針腳均勻，立刻討得了婆婆的歡心。

接著又考驗外婆的廚藝，這點也難不倒外婆，婆婆對這位媳婦簡直滿意極了，立刻把當家的棒子交給她。

唐家老老少少，加上田裡的長工，不下四、五十人，外婆清晨四點不到就得起床和麵蒸饅頭、擀麵條，一天就得用掉上十斗麵。母親形容說，老家廚房裡的案板，足足有半個房間大，一根擀麵杖有五尺長。十幾格的大蒸籠落在一起比人還高，最上層一格非得站在竈頭上才擀得著。

由於外婆擀麵的功夫特別好，婆婆還經常為她招攬「生意」，逢年過節，鄰里鄉黨，這個一斗那個五升的送麵來請外婆擀。

忙和了一天的吃喝，一些縫縫補補的事也全落在她身上，家裡固然有長期僱用的裁縫師傅，可是鞋子卻必須自己納。外公有五個弟弟，正是半大不小的青壯小子，要不了兩天就磨破一雙鞋，外婆經常累到深更半夜也不得休息，有時反而是婆婆看了不忍心，敲著她的窗櫺說：

「媳婦，早點歇了吧！」

從前的女人都纏小腳，忙裡忙外，一整天下來，兩隻腳又腫又痛，常常痛得像火燒一樣，只好坐在井邊，把腳垂吊下去，藉著井裡的寒氣，冰鎮一下。

大家族人多嘴雜，紛爭也多，尤其妯娌間，閒言閒語、是是非非，外婆秉著「多做事，少開口」的原則，加以外婆念過書，通情達理，很快的贏得了大家的好感，五個小叔子也全當成自己的弟弟一樣看待，除了管他們冷暖吃喝，還得盯著他們讀書作功課，長嫂如母，小叔們對她也是敬愛有加。

一家老少的心全教她收攏了，只除了外公。家人越是說她的好，外公就越不拿正眼看她；大家越是責怪外公放著好媳婦不愛，偏要在外打野食，外公就越氣她，離她越遠。

那真是一段欲哭無淚、有苦無處訴的日子，然而，傳統禮教下的女人還能怎樣呢？不外就是認命吧！

這樣的活寡整整守了五年，直到有一天，外公的一雙洋襪子破了個洞，當時一般人穿的襪子都是土布縫製的，或是乾脆用塊布包在腳上再穿鞋，只有時髦人才會買機器織的洋襪子，洋襪子所費不貲，破個洞，外公自然捨不得扔掉，就拿給他的情人。

「喏，這個給我補補！」

那天，他的情人不知為什麼嘔氣，抓起襪子一把就扔回他的臉上。「誰要補你的臭襪子！回去叫你老婆補！」

外公大怒，掉頭就走，回到家正好看到外婆在燈下縫補衣物，外公順手把襪子遞給她，外婆默默接過來，就在燈下一針一針仔細的縫好，然後自然的湊在嘴邊，咬斷線頭。

外公大為感動，外婆一點都不嫌棄他的襪子髒臭，比起外面那位，真是不可同日而語。

外公第一次看到了妻子的溫順賢德，不怨不悔，而且也第一次發現，妻子竟然長得十分美麗，面如滿月，長眉入鬢，一身皮膚細緻，可恨他以前眼睛怎麼被蒙住了呢？

一霎時，愛意加著悔意和歉意，竟像潮水一樣，擋也擋不住。我猜想，外公一定是位感性的人，感性的人通常都善於表達感情，愛憎分明。總之，他結束了他的婚外情，搬回家中，為了彌補他以往的冷落，對妻子加倍的疼惜體貼，外婆總算苦盡甘來。

第二年，母親出生，接著外婆又生了兩男兩女。

「浪子回頭金不換」，「浪夫」回頭恐怕才更難能可貴吧！他們到底怎樣恩愛、鶼鰈情深，我不敢亂寫，只能臆測。母親依稀記得，他們兩人總有說不完的悄悄話，甚至一夜不睡的說到天亮。

外公是軍人，經常駐防在外地，每次回來總不忘帶一些外婆喜愛之物，討她的歡心。有一回，他急著趕回來，抄近路，那條路一向不太平靜，結果半路遇到強盜打劫，把他所有帶給外婆的禮物一掃而空，所幸他的長衫內袋還珍藏了一對瑪瑙手環。

這對手環在我出生後，外婆就轉送給我，我一直到上小學時還在戴它，後來被我弄斷了，母親把它拆開，串成一付項鍊，我好幾張老照片都有它的影子。

想來這枚紅寶石戒指也是在這段時間買的吧！

俗話說「恩愛夫妻不到頭」，外公外婆幸福甜蜜的日子僅僅過了十二年，外公就病死客鄉。

可想而知，這個打擊對外婆來說是多麼的沉重，真是恨不得也隨外公而去，只是念在三個女兒稚弱，只有堅強的撐了下來，當遺體運回來時，她甚至不肯開棺見最後一面，為的是要把外公最好的印象永遠留在她心底。

外婆自己的兩個兒子，在民國十五年因軍閥內鬥，西安城被圍，死傷遍野，造成瘟疫流行，先後夭折。在那個時代，女人沒有後嗣，在家族中毫無地位不說，死後亦無人戴孝。因此從二叔那裡過繼一個兒子給她，偏偏這個兒子從小不長進，逃學打架，長大更是變本加厲，吃喝嫖賭樣樣來，傷透了外婆的心。

外婆雖是女性，但從小飽讀詩書，胸襟見識自然不同於當時一般傳統女性，加上結婚頭幾年給外婆的感觸太深，她深深體會到傳統女性往往受命運擺弄，「在家從父，出嫁從夫，夫死從子」，一生的幸福都掌握在男人手中，自己只有聽天由命的份，要想突破這點，唯一的方法就是接受新式教育，女人有獨立自主的能力，就不必再受制於人。

因此，她堅持要送三個女兒上學念書，在唐家掀起一場軒然大波，在那樣一個封閉保守的社會，男人到學堂念書的都不多，何況是女性，那簡直有如「革命造反」般的嚴重。

唐家絕不允許女人在外「拋頭露面」，外婆也絲毫不肯讓步，僵持到最後，終至決裂，婆家撂下狠話。

「要念書，就帶著女兒離開唐家大門！」

外婆果真不帶走一針一線、一碗一筷的離開了唐家，靠著自己一手好女紅，以及當初陪嫁的幾分薄田，獨自扶養培育三個女兒，這也是為什麼母親直到十三歲才開始念小學的原因。

年紀大讀書也有好處，領悟力強，吸收快，母親很快的趕上進度，而且超前。唯一可惜的是母親中學尚未畢業，就因外婆生病，加上中日戰爭爆發，學校遷至鄉下，母親要照顧病中的外婆，不得已只有輟學，但兩個妹妹後來都念到大學，一學經濟，一學法律，全是當時最熱門的科系，可見外婆的見識和魄力非一般女性可比，特別是在她們那個年代。

外婆四十歲左右時，先後兩次中風，從醫院回來後，母親說，外婆的左腳足足比右腳萎縮了一尺，可是外婆毅力驚人，每天扶著炕沿練習走路，跌倒了再爬起來，一遍又一遍，練了好幾個月，腳才能勉強構到地，但她照樣摸索到廚房煮飯、做家事，到我出生後，外婆已經恢復到和一般人沒什麼兩樣，可以背著我到街角的雜貨店買糖吃。

母親十幾歲時，就不斷有人上門提親，基於外公是軍人，死在異鄉的切身之痛，外婆的條件是一不嫁軍人，二不嫁外鄉人，三不作人續絃。這樣嚴苛的條件，使得母親一直到二十一歲尚待字閨中，在當時這幾乎已經可以算是老姑娘了。

天下事偏偏就有許多巧合，父親不但是軍人，又是外鄉人，而且還離過婚。說來也很有趣，母親在學校鋒頭甚健，功課好，又是三鐵健將，她的小舅和父親同學，經常聽到有關母親的種種傳聞，對母親暗慕已久，有一次還私闖女校，被門房老頭趕了出來。

當然，這中間小舅公不斷穿針引線，最後外婆同意先看看對方。外婆認為人在麻將桌上最容易流露本性，特別要小舅公在父親不知情的情況下，安排一場牌戲，外婆就躲在門簾後偷窺。

父親本來就相貌堂堂，加上能言善道，出手大方，竟然讓外婆「丈母娘看女婿，越看越有趣」，完全忘記她原先的三不政策。

後來，父親在「白頭宮女話天寶遺事」時也說，那天他一邊打牌一邊隱隱約約總覺得彷彿有人在門簾後瞄他，幸虧他表現不錯，否則怎麼被判出局的都不知道。

外婆也確實沒看走眼，父親至孝，待她如親生母親，甚至勝過外婆自己的兒女，另一方面，父親也擔起了養家的責任，兩位阿姨才能如願接受大學教育。

據母親形容，她們三姊妹中，以二姨長得最漂亮、最聰明，可惜大學畢業的那一年，到好同學家遊玩，當晚兩人同睡一床，睡夢中，屋頂一角的土牆不知何故突然崩塌，正好蓋在兩人臉上，二姨和她的同學當場窒息而死，對外婆來說，這又是一次重大的打擊。

白髮人送黑髮人，真是情何以堪，然而坎坷的命運早已將外婆磨練得極為堅韌，外表上幾乎看不出她有什麼大悲大慟，她平靜的處理完女兒的喪事，此後也很少再提二姨的名字。

民國三十六年，母親辭別外婆，遠赴東北和父親會合。臨行前，外婆取出她的首飾盒，要母親挑選幾樣作為紀念，母親一眼看中這枚紅寶石戒指，問外婆說：

「哪來的？」

「妳大大給的！」

在陝西，很多地方都把自己父親叫大大。

母親隨著父親部隊轉戰南北，最後來到台灣。這一次，不但是生離，也是死別。

兩岸分治了四十餘年，大陸經過了土改、三反、五反、文化大革命到經濟開放，而我們經過了戒嚴、白色恐怖到經濟起飛、解嚴到總統民選，這一路兩岸走得都極辛苦，更辛苦的是兩岸人民，多少家庭被海峽分隔兩地，妻離子散，老死不得團聚。

更悲慘的是許多有家屬在台灣，特別是和國民黨有關連的家庭，都被中共打入黑五類，飽受迫害。

台灣開放探親政策後，終於和家鄉取得聯繫，才知外婆在一連串的大門小門中皆未能倖免，三姨被下放勞改，不在身邊，最可恨的是過繼的兒子還要趁火打劫，將家中細軟偷盜一空，外婆只有靠幾個子姪輩不時暗中探視接濟。

民國七十九年底，我帶團赴北京參加亞太地區殘疾人大會，會後陪母親回西安探親，比我還年輕的瑋子舅第一眼見到我，就驚訝的說：

「怎麼長得跟大姑媽一個樣！」

隨後其他的親友也都如此說，甚至連我說話的語氣神態都像。我像外婆嗎？台北家中也有外婆的照片，從來也不覺得和外婆有多少相像的地方，怎麼在他們的眼裡，竟變成一個模子出來的？

尤感意外的是，外婆在晚年也得了類風溼，行走困難，整個背脊駝得十分厲害。算算時間，大約和我發病前後差不了多久，這到底是怎樣一種巧合？

是我們身體裡都遺傳了類風溼因子嗎？原來我的痛外婆也痛過，心中突然對她分外親近和親切，彷彿和外婆的生命有了某種不可思議的關連。

外婆活了八十五歲，臨終最大的遺憾是沒見到她遠在海外的女兒一面，這也成了母親心中永遠的痛。

在西安停留的那段時間，所住的旅館就在母親從小生長的街上，對面就是她念的玫瑰女中，旁邊的巷子是舅爺的住家，母親住的房子則在另一條巷子。我們彷彿走進了時光隧道，每天清晨黃昏，我都要乾姊推著我一條街一條街的走著，一巷一巷的穿越著，尋找著母親的童年、青春年少的身影，也尋找著外婆，外婆酸甜苦辣的生命歲月。

青石板路仍然依舊，白牆黑瓦的房舍也一如往昔，只不過往事俱已隨風而逝，只剩下滿街熙熙攘攘的人群，車水馬龍。

親愛的，對不起

女孩得的是肝癌，我見到她的時候，她已經到了癌症末期了。動過一次手術，並未能根除，癌細胞擴散，順著淋巴腺四處蔓延，鈷六十和化學治療的幫助事實上也十分有限，說得殘忍一點，她已經在等時間了！

她自己也很清楚這一點，只不過仍未放棄最後的希望。

初初見她，會被她的外型嚇一跳，瘦得近乎像骷髏，偏又腹脹如鼓，頭髮因為化學治療一根不留，猛一乍看，簡直有點像外太空來的ET。

全身上下，就剩下那對眼睛了。

因為瘦，益發顯得這雙大眼清亮有神，彷彿她全部的生命都集中在這對眼睛上了。

她好像沒有什麼親人，只除了一個大男孩。

大男孩似乎正在服兵役，理著小平頭，一張臉曬得黑裡透紅。晚上就睡在她的床腳下，見了我們也不多話，只靦腆的點點頭。

女孩也很少開口，癌症到了末期所引發的疼痛和不適，使她幾乎除了呻吟之外也沒有多餘的力氣講話。但是慢慢的，我們還是知道了她的故事。

女孩從小沒有父母，在育幼院長大。育幼院的院長和老師們大都是基督徒，對這些父母離散或故世的孩子也盡心盡力的照顧著，同樣讓他們享受著家的溫暖。因此，女孩並未感受到身世帶給她有任何的陰影，她活潑開朗，而且比一般同齡女孩更多了份成熟穩重。

她一直把育幼院當作自己的家，即使靠著半工半讀考上大學，也仍然住在院裡。大男孩服的是憲兵役，有一次整排的弟兄幫育幼院義務粉刷房子，就這樣，兩人認識了。

就像所有青春期的男孩、女孩，他們很快的被對方吸引，而且相愛，並且預計在女孩大學畢業、也正好男孩服完兵役時結婚，組織自己的家庭。

可惜的是，就在大學最後的一個學期開始不久，女孩因為皮膚焦黃，加上食慾不振到醫院檢查，才發現得了肝癌。

接下來，就是不斷的治療。那時候還沒有健保，他們花完了所有用來準備結婚的錢。請不起護佐，男孩就親自照顧，好在他的工作性質可以允許他除了值班之外的時間自由活動，雖然必須向部隊長報備。

每天早上，在我們起來之前，他先幫女孩梳洗完畢，餵過早餐之後才趕去上班。晚上回來之後也是如此，幫她抹身，處理大小便，按摩她痠痛痲痺的四肢，忙個不停。女孩只是默默的看著他，眼裡滿是深情。

有一段時間，男孩不知從那裡聽說，癩蝦蟆燉雞可以治癌症。每天晚上，男孩就帶著釣具、手電筒，騎著他的破摩托車外出。現在的水田大都施用農藥，常常釣了一個晚上，也釣不到一、兩隻，而天不亮，他又要把藥煎好，看著女孩服下，才放心的離去。

初期，這帖偏方似乎有點效，女孩的腹水明顯的消退不少，精神也好轉很多，兩人都很興奮，開始討論病癒後的一些計畫，當然，最重要的是完成他們的終身大事。

同病房的我們，也感染了那份喜氣，默默為這對準新人祝福。

只不過，造化弄人，病情在進展到一個地步之後又突然惡化，而且來勢洶洶，對這對滿懷期望的情侶而言，這真是個青天霹靂、殘酷的打擊，兩人不禁抱頭痛哭。

哭完之後，男孩告訴女孩，他要跟她結婚，就在病房裡。他說，不論女孩的病是否痊癒，她都是他終生的新娘，他不要她帶著遺憾走。

出人意料的，女孩拒絕了。

不論男孩怎麼解釋，怎麼懇求，女孩就是不答應。到最後，男孩的誠懇和摯情連同病房的我們都深受感動，幫著男孩試圖說服她，女孩只垂淚不語。

男孩不在的時候，女孩向我們解釋著：「我知道我要走了，我不能讓這一紙形式上的婚約把他捆住，成為他以後追求幸福的障礙。畢竟，他還年輕，是不是？」

其實，她不說，我們也知道。難得的是在她病危時，仍然能如此冷靜而理性，讓人憐惜之外，也多了份敬佩。

女孩的病情從惡化到死亡只有短短四、五天，一直到嚥氣前，女孩的神志都十分清楚，她深情專注的望著傷心欲絕的男孩，喃喃地說：

「親愛的，對不起……」

另外一個故事發生在伊甸。

那一年，女孩還在藝專廣電科念書。有空時也喜歡塗塗寫寫，正好她的一位學姊在伊甸工作，就邀她順便給《伊甸園》月刊寫點稿子。就這樣，她和伊甸之間搭起了一座橋，她認識了伊甸，伊甸也認識了她。

畢業後她順理成章的進入伊甸工作，擔任傳播幹事。

父母倒也沒有反對，只不過出於做母親的直覺吧！女孩的母親一再提醒、甚至帶著警告的意味。

「出於愛心，服務殘障朋友是好的，但是絕對不能和他們交朋友、談戀愛！」

女孩身材高䠷，一頭及肩秀髮，溫婉清麗，正是花樣年華，想來父母對這位掌上明珠的終身大事亦有所期待吧！天下父母心，誰不希望自己的女兒找一位乘龍快婿呢！

女孩無可無不可。其實，她還未實際接觸到殘障朋友，她根本還不了解他們。

她只是喜歡伊甸的工作環境，同事之間相處融洽，也學習到許多製作廣播節目的經驗和技巧。那時候，伊甸剛剛成立了一個全部由視障朋友組成的黑門熱門樂團，每個星期有兩次在他們的小錄音間練習。

和一般人一樣，女孩對殘障朋友也有一種先入為主的觀念，總認為殘障朋友「應該」是自卑的、孤僻的、不合群的；「應該」是讓人同情、受人保護的一群。可是，這群殘障朋友給她的感受簡直比一般正常人更正常，他們開朗、樂觀，聚在一起就喜歡自我調侃，相互嘲弄，不時傳來爆笑聲。

女孩有一個幸福的家，成長的過程一帆風順，但偶爾不免有點「為賦新詞強說愁」的小小煩惱。她不能理解這些殘障朋友在面對生命的艱辛和坎坷時，不但未被擊倒，反而越磨越勇，用一種更健康積極的心態面對自己的缺陷。

對於這種生命的韌力，女孩不但驚訝，也十分好奇，她開始主動去接近這群盲朋友。

男孩是樂團中的一員，不但彈得一手好鋼琴，而且其他樂器也樣樣精通。尤其難得的是，他還有一付好嗓子，自然而然成為樂團的主唱者。

男孩從小失明，父母常告訴他唯一的哥哥，要好好照顧這個看不見的弟弟，可是做弟弟的卻暗暗發誓，他一定要爭氣，絕不成為哥哥的拖累和負擔。

萬萬沒有料到，身強力壯的哥哥在一次車禍中意外喪亡，結束他年輕的生命。

女孩看著男孩如何強忍著悲痛，安慰老來喪子的白髮父母，傷心欲絕的嫂嫂和幼兒，將哥哥的喪事處理得有條不紊。

到底是男孩的音樂才華吸引了她，還是男孩堅忍穩重的個性吸引了她，女孩自己也說不清楚。

不久之後，女孩也經歷了一次親人的故世。這是她第一次面對生死離別，內心的震驚和傷痛幾乎使她無法自持，男孩默默的關懷，默默的陪伴她走這一段最黯淡的人生旅途。

他們共同分擔了彼此生命中的那份生和死。那種對生命的認知使他們的心靈緊緊契合，彼此已經成為對方的一部份。

可想而知，父母是如何的勃然大怒、堅決反對。也是男孩勸她，父母對子女的愛總是沒有錯的。他願意等待，讓女孩的父母慢慢認識他、接納他，以時間換取空間。

這期間，女孩的父母不斷施壓力，也積極為她物色其他對象。女孩本來就長得嬌美，身邊也不乏其他的仰慕者。偶爾，女孩也會懷疑，也會掙扎，她的選擇正確嗎？

畢竟，他們的交往也不是沒有遺憾。女孩愛漂亮，常常在穿了一件新衣，或是換了一個新髮型，想要喜孜孜的展示給男孩看時，才猛然發覺男孩根本看不見。當然，男孩也沒法像別的情侶一樣，陪著她追尋天邊的彩虹，欣賞一輪明月……女孩的心裡多多少少有點委屈。

男孩儘管看不見，但他的心思何等細膩，就在一次晚會中，他以一首〈親愛的，對不起〉，唱出他對女孩的歉意和愛的承諾。這首歌的歌詞極美：

親愛的，對不起！
我看不見妳的燦爛笑容，
我看不見妳的飄揚秀髮，
我也看不見妳的深情眼睛！
親愛的，對不起！
我不能陪妳尋找天邊彩虹，

我不能伴妳驚呼閃過流星，
我也不能帶妳駕車奔向狂風！
但我知道，
妳的美麗勝於一切，
妳的氣息比水仙更溫馨！
我的心是燈，
我的手是網，
代替眼睛照亮妳的生命，
網住一片亮亮的天晴！
但，我願意，
將信任的手伸向妳，
但，我願意，
在人生黑夜裡和妳摸索前行！

現代秋香傳

第一眼看到她時，阿明心頭一震。

這是怎樣一張清純不染人間塵埃的臉，雙睫微微下垂，羞怯一如小鹿。

在黑道中打滾了半生的阿明，閱女人無數，什麼妖嬈美麗、放浪多情的女人沒見過？聞多了脂粉味，聽多了鶯聲燕語，只要有錢，女人自動投懷送抱，一個換一個，像走馬燈似的，他的生命到底經過多少個女人，他已經不記得了。

唯獨這一位，宛如剛剛出水的芙蓉，帶著露水一般清新、純良，全然的潔淨，和他以往所認識的女子截然不同。

他不知道那種感覺是否就像《聖經・創世紀》裡所形容的，人類的始祖亞當張開雙目一眼看到夏娃時，那種眼前一亮、心頭一震，不由自主被吸引的感覺？

「啊！這是我的骨中之骨、肉中之肉……」

亞當的嘆息也成了阿明說不出的嘆息。

這個時候，他剛來台灣不過一年多，白天在伊甸基金會工作，晚上就讀神學院。

阿明是馬來西亞華僑，生長在一個錯綜複雜的家庭，父親娶了三個老婆，從小看多了她們相互爭寵、爭風吃醋的風風雨雨，那種不安定的氣氛常讓他有種想要逃家的衝動，父親怕他在外鬼混，加上他從小有氣喘宿疾，就這樣，他不知不覺染上吸食鴉片的習慣。

這一年，他才九歲。

吸毒和黑道幾乎是分不開的，阿明的父親深深了解這一點，幾次警告阿明說：

「你要吸毒，要多少錢，爸爸給你，但絕不可搶劫、混黑道……」

父親的話可笑而矛盾，事實上這兩者之間有如連體嬰，阿明還是不小心陷了進去。

從搖旗吶喊的小嘍囉，到呼風喚雨的幫派頭子；他不只吸毒，他也販毒；不只搶劫，而且殺人。血雨腥風、刀頭舔血的日子渾渾噩噩過了十多年，從少年感化院到監獄，進進出出不知凡幾。

看多了砍砍殺殺的日子，看多了黑道份子千篇一律的下場，午夜夢迴，阿明也有心虛害怕的一刻，但黑道豈是那麼容易說脫離就脫離的？而毒癮發作所帶給他肉體上的折磨，也常使他痛不欲生。

多少次，他下定決心戒毒，只不過戒不到幾天，就承受不住那如毒蛇嚙咬、大火焚身的痛苦，而必須以更強烈的毒品來壓制。結果，每戒一次，他的毒癮就加重一次，不到二十歲，他就已經是海洛英的吸食者。

長期的吸毒，使他的身體羸弱，多次的打架受傷，加上被逮捕時刑求所導致的內傷，使得他百病叢生、未老先衰。

很快的，他在黑道中的地位一落千丈，連阿貓阿狗都可以欺侮他，從前那一呼百諾的日子已經一去不返，特別是從前跟他有過節的傢伙一個個找上門來。

有一天，狹路相逢，他和另一位道上弟兄一言不合，大打出手，對方身強力壯、孔武有力，瘦弱的阿明哪裡是對手。可憐的他被打得遍體鱗傷、血流滿面。

胸中的憤怒使得阿明兩眼噴火，他狠狠說：「你給我記住，總有一天我會報仇的……」

對方哈哈大笑，輕蔑地說：「好啊！你要能來，我的頭割下來給你當球踢！」

羞憤、屈辱，阿明腦中唯一的念頭就是如何湔雪前恥，復仇的火焰日日夜夜燃燒著他，他痛苦得幾乎要發狂，然而，他也不得不認清事實，除非他把毒癮戒掉，除非他有更強壯的身體，否則，復仇的夢永遠不可能實現。

就在此時，一位遠房的親戚介紹他認識一所由基督教主辦的戒毒中心，走投無路的阿明，抱著姑且一試的心理住了進去，不過，一開始他就言明在先：

「我只是來戒毒的，不要給我傳什麼鬼教！」

或許冥冥中真是有一位上帝吧！戒毒中心是一個完全不同的世界，沒有血腥暴力……是他自小到大從來不曾經歷過的。

尤其令他驚奇的是那些輔導老師，在極微薄的薪水下，那種全然奉獻不求回報的服務精神，在他戒毒最痛苦的那段日子中，身心陷在狂亂中，輔導老師夜以繼日陪伴著他，安慰他，鼓勵他，為他禱告。

剛硬的心，不知不覺中，一點一點被融化。

不過，對於基督教，他仍然從內心排斥。直到有一次犯了大錯，他以為一定會被戒毒中心趕出去，可是沒有，他的輔導老師對他說：

「是我的錯，我沒有把你教導好，我願意代你接受懲罰……」

「不，是我錯了，是我錯了！」

第一次，阿明結結實實面對自己的生命，一個從小被人唾棄、輕視甚至連自己都厭惡不屑的生命，竟然有人看重，甚至願意代他受過，這是怎樣的一種愛呢？

原來，這正是基督的愛！

在那一剎那，阿明悟道了。他決定成為一個基督徒，一生一世跟隨上帝的腳蹤，把他從上帝那裡領受的愛，散佈給與他一樣曾經迷失的朋友。

九個月後，他走出了戒毒中心。他找到了那位當初打得你死我活的道上弟兄，對方大吃一驚，誤以為他真的是上門尋仇，萬萬沒有料到，阿明誠心誠意的對他說：

「我是專誠來謝謝你的，不是那次衝突，我不會有今天的改變！」

他的改變在黑道中引起極大的震撼，許多弟兄受到影響，也跟著走了出來。

這益發讓阿明感受到傳福音的重要，因為一個人只有從生命徹底的改變，才有可能脫離罪惡的挾制，從黑暗進到光明。

阿明決定就讀神學院。只不過，阿明雖然精通六、七種語言，卻從小混黑道，連小學都沒有畢業，這使得全馬來西亞沒有一所神學院肯接納他。

無巧不巧，台灣晨曦會的劉民和牧師聽說了他戒毒成功的故事，特別邀請他到台灣協助工作，並且安排他就讀此間一所神學院的夜間部。

誰知道人算不如天算，結果陰錯陽差的，阿明來到了伊甸，並且因此認識了沈秋香。

這之後，我經常以此打趣阿明：「原來，你是為了『伊甸園』有個『夏娃』啊！」

秋香，是伊甸第一屆寫作班的學生。

一場小兒痲痺，剝奪了她正常行走的能力。父母忙於生計，幼小的她只有祖母相伴。她輕易不敢「走」出家門一步，因為，外面的世界總有一些無知的孩童嘲謔，甚至以她的殘障不便而欺凌她，每次都讓她連爬帶滾的哭著「逃」回家中，把自己緊緊的關閉起來。

小小的心靈，自卑、孤獨，猶如陰霾的天空，從來不曾開朗過。

一直到她進入嘉義二林的喜樂保育院。

那是一所由美國傳教士魏喜樂女士所創辦，專門以收容殘障兒童為主的教養院。

秋香大開眼界，她原以為自己是世上唯一的不幸者，沒有想到在喜樂保育院裡還有這麼多身體同樣殘障、甚至比她還要嚴重的孩子，尤令她驚奇的是他們活得那樣開懷喜樂，而且信心滿滿。同學也好，老師也好，相互的體諒，相互的關懷，簡直比一家人還要親密和樂，尤其是那位被他們暱稱為「阿媽」的魏喜樂女士，就真像家裡的老阿媽一樣，疼惜他們，甚至帶一點點寵溺。

魏喜樂女士一生未婚，把她整個生命、青春歲月全部給了這塊土地！從她身上，秋香第一次學到了什麼叫做全然的奉獻和犧牲。

在那裡，秋香不只學會了自立，而且學會了怎麼樣去照顧別人。喜樂保育院，成了她生命的分水嶺！

之後，為了減輕家裡的負擔，也為了給自己更多磨練的機會，她一個人獨自來到台北。

和另外兩位同樣身體殘障的女孩，合住了一間房子，她們自己燒飯、洗衣、擦地板……做些手工藝品寄售，完全獨立，自力更生！

從小就有一顆敏銳善感的心，使她對文學也產生了極大的興趣，正好伊甸寫作班招生，她來到伊甸，隨後又成為伊甸的工作人員。

人生的文章永遠比筆下的世界更加多采多姿、複雜多變，甚至充滿不可預料的轉折和驚奇！

秋香萬萬沒有想到這個叫做莊如明的男人，竟然改寫了她的命運。不過，阿明可不這麼認為，他相信秋香根本是上帝創世之初就早已為他預備好的「新娘」！

溫婉、文靜，羞澀的笑容，輕聲細語的談話，總給阿明一種不一樣的感覺，特別是處在一群聒噪的女孩中間。

坐在秋香旁邊，他總忍不住偷偷觀察她！

吃飯時，秋香永遠先替別人夾菜；天涼時，秋香也永遠記得提醒四周的人添衣……細心而體貼，卻總是那樣含蓄不欲為人知，別人的一句稱謝都會讓她羞紅了臉頰。

阿明常不免喟嘆，是不是在秋香的成長過程中，太少接觸外界，以至於不曾被這個世俗世界所污染，才保有這樣一顆純淨而美麗的心靈？

對一位江湖浪子而言，這正是阿明所缺乏而又極度嚮往的，雖然秋香的腿不方便，但有什麼關係呢？有什麼比一顆善良的心更重要呢？

飄泊的靈魂，第一次想要安定下來。

不過，阿明的熱情追求著實嚇壞了這個「未經世面」的小女子，慌亂之餘，她一口拒絕了。

她行動困難，會成為他的拖累；她生性膽怯，連跟陌生人開口講話都不敢，而他，卻一心一意想去傳福音；生長環境的不同，個性的差距……

秋香找了一大堆理由。

其實，秋香內心深處，多少還是有一些自卑，深恐自己無法掌握這個有如野馬一樣的男人。

不論秋香怎樣逃避，阿明卻固執的不肯放棄。

他說：「如果妳心裡另有別人，如果妳覺得我不夠好，那麼我放棄，如果妳只是因為自己身體殘障，我不能接受……」

當然，秋香不是毫無所感。

她也看到了阿明豪爽、義氣，為朋友不惜兩肋插刀的個性之外，似乎仍然是一個不懂得怎麼照顧自己的大孩子。

身上總是那麼一、兩件衣服，吃了上頓不知下頓在哪裡，口袋經常連一張公車票錢都沒有，往往得連走三個小時才能回到他位於市郊的住所，誰也不知道他剛領的薪水又轉手給了誰……

這多多少少喚醒秋香心底那一絲母性柔情。

不過，促使秋香決定接受這份感情，卻是在一次他們相互搭配前赴馬來西亞為當地戒毒中心募款的行程中。

講台上，阿明訴說著從小吸毒，生活在偷、搶、騙、詐，被人唾棄，被人看輕，怎樣掙扎，一步步回頭……說到激動處，秋香淚流滿面。

而當秋香見證她自己的心路歷程，自卑、封閉、退縮、憂鬱，如何不斷突破、不斷克服自己的弱點……阿明也不禁濕了雙眼。

秋香第一次發現，他們同樣有一顆受苦的心靈，也正因為都從這條路上走過、哭過，才使他們心懷悲憫，願意服務那些同樣顛仆在坎坷路上的不幸者！

婚後，阿明決定帶秋香回馬來西亞。

台灣的殘障朋友已經逐漸受到政府與社會的重視，甚至法令的保障，可是在馬來西亞，特別是身為華人殘障者，幾乎是老死無人聞問，沒有良好的醫療，沒有特殊學校接納，也得不到任何職業訓練的機會……那裡，同樣是他的「祖國」，有他關懷的同胞！

伊甸基金會非常認同他的計畫，決定傾全力支援，於是，莊如明夫婦成了伊甸第一對差派到海外的宣教士。

臨行前，秋香的母親偷偷塞給她一條金項鍊，叮嚀說：「萬一妳在馬來西亞活不下去了，把鍊子賣掉，趕快買張機票回來！」

初初回到馬來西亞檳城，阿明從小生長的地方。他們霍然發現，當地政府沒有任何殘障朋友的相關資料，他們連服務的對象在哪裡都不知道，只好想了一個最笨的方法。

每天，兩人騎著機車大街小巷穿梭，只要一看到殘障朋友的影子，立刻飛車攔「截」，詢問對方的姓名、地址，以及需要何種協助……他們戲稱之為「獵人計畫」。

就這樣，篳路藍縷，工作一點一點推展，有了訓練的場所，有了保育院……而他們的工作也逐漸被當地教會、僑社、媒體知曉，各種資源紛紛湧入。

一九九三年一月，馬來西亞伊甸殘障服務中心正式註冊立案。

而江湖浪子莊如明洗心革面，做了牧師，娶了一位台灣女子沈秋香的傳奇故事，也正悄悄在大馬各地傳述著。

桃源村的夢

看榜出來，麗雪的心情沉重到連舉步的力量都沒有，雖然考完之後，她也知道自己成績不理想，但心裡還存著一絲希望，或許別人也考差了呢！然而從榜首找到最後一個名字，始終都找不到那熟悉的三個字，這已經是她第三次落榜了。

走在回家的路上，麗雪的心中一片茫然，她要如何面對自己、面對父母？她可以想像父母失望的表情，上有三個哥哥的她，備受父母的寵愛和呵護，卻也同樣承受了過多的期望。從小，求學的過程一帆風順，高中念的是頗具知名度的基隆女中，父母高興不說，親友們也都認為考大學在她有如囊中取物，卻偏偏一波三折，總是差那麼臨門一腳。

父母怎麼想？親友又怎麼想？更重要的是她要怎麼辦？再考一次嗎？老實說，她已經沒有勇氣了。就業嗎？以她目前的學歷，又能找到什麼好工作啊！固然家境富裕，不差她這份薪水，但也總不能整天無所事事，浪費生命吧！

路好像走到了盡頭，再也走不下去的感覺，就在這時，有一艘從美國來的福音船停泊在基隆港，教會的朋友拉她去當義工。

福音船是一群不同國籍、不同職業的基督徒組合，每年定期航行五大洲，每到一個港口，以醫療、音樂、電影、書籍……服務當地民眾並傳道。這些基督徒不單是奉獻他們的時間，而且還要支付船上一切的開銷，很多人往往要打好幾年工，才能攢夠錢上船服務。

相處的那一個月時間，她真正看到那種「愛無國界」的理想和熱忱。麗雪雖然從小跟著母親信教，對信仰並不十分了解，平日去教會也只是為了那裡有很多年齡相仿的朋友，可以一起參加許多營會。

在福音船上，她認識了不少新朋友，特別是一位印度來的基督徒，一見面就問了她三個問題：

你從哪裡來？

你要做什麼？

你要往哪裡去？

對一個飽受聯考失敗挫折、站在人生十字路口茫然無措的麗雪來說，猶如深水炸彈一般，直接撞擊到她生命的內層。當那些陌生人都能對不同種族、不同文化的人付出他們的愛時，而她，李麗雪，一個生活不虞匱乏、嬌生慣養的女孩，她對生命到底了解多少？對這塊土生土長的土地又了解多少？

福音船離開後，她決定報考基督書院，這是一所專門培育年輕宣教士的學校，儘管學歷不被教育部承認，但仍有許多願意獻身的青年學子就讀。

基督書院不單是教導他們《聖經》知識，更重要的是教導他們如何把信仰落實到生活裡，因此，山地服務是每個同學必修的功課。麗雪每星期都會到桃園復興鄉的山地教會教小孩子，她極喜愛那裡純樸的環境，特別是那些天真可愛的原住民兒童，但是看到山地部落的荒涼，原住民青年的不斷流失，心裡有很大的感觸，這才是一個真正需要關懷的族群，需要付出的地方。

正因為這份對原住民的特殊感情，使她不知不覺注意到四年級的一位學長——白光勝。白光勝的一條腿有些不方便，不過並不影響行動，相反的，他在運動場上還相當活躍，而且多才多藝，英、日語流利，又彈的一手好吉他，人緣極佳，豪放熱情，有著原住民的粗獷率直，尤其難得的是對他們這些學弟學妹照顧得十分周到。

只是，麗雪發現白光勝偶爾也會獨坐校園一隅沉思，臉上帶著掩不住的失意和落寞，引起她的好奇，加上女性天生對「弱勢者」的同情心，很自然的接近他，常常陪他一起打球、聊天。

白光勝，一位來自台東的布農族，三歲時因罹患小兒痲痺導致一腿殘障，對原住民來說，這是一個相當嚴重的打擊，這代表著他永遠無法像別的孩子一樣，從小被訓練成一個打獵的勇士，布農族男人不會打獵是一件極大的羞辱，更何況，沒有強壯的體魄、矯健的身手是很難在山地適應生存，因此，白光勝幾乎被摒棄在所有的玩伴之外。而走出桃源村，他又成了漢人口中輕蔑的「番仔」，承受著雙重的羞辱，使他倍感自卑，唯一能去的地方就是教會，只有在那裡，他不會受到排斥和嘲弄。

母親鼓勵他，腿不好沒關係，好好念書還是有出息的。從課本中，光勝也的確享受到求知的樂趣，他羨慕老師站在講台上的威風，加上自己喜歡小孩，一心一意將來想要當一名小學老師。

國中畢業那年，正好教育部開放山地生保送師範，他喜出望外，也如願考上，只是他興奮得太早了點，開學才不過一星期，教務處就約見他。

「按規定，師範生不收殘障生，我們事先不知道你的情況，很抱歉……」

就這樣，他被退學回家，心裡充滿絕望，只覺得自己彷彿是社會中的渣滓，被人遺棄。

但母親仍不放棄，堅持他繼續讀書，因為這是他唯一的出路。光勝轉入商職就讀，他想，學個一技之長，將來在鄉公所當個小公務員也好，至少生活有保障。

努力念了三年，他沒想到報考公職居然還要先體檢，更沒想到在當時殘障者根本不能服公職，所以，醫生問都不問，只瞄了他一眼，就在體檢表上蓋了一個大大的「不合格」戳記，像火烙一樣烙在他心上，痛得他踉蹌而逃。

這個打擊整個擊碎光勝的信心，他變得自暴自棄，每天不是喝酒，就是亂發脾氣，他埋怨家人，埋怨母親，一天到晚叫他讀書讀書，讀了這麼多書有什麼用？還不是照樣被人歧視、被人排擠？

他的痛苦在於他不甘接受這樣的命運，卻又不知如何突破。他害怕，他看到太多太多的族人，因為找不到生命的出口，遊走在社會邊緣，吸毒、酗酒，甚至沉淪在情色場中……他不要成為他們中間的一個。

就像溺水的人，拚命掙扎，想要抓住一塊求生的木板，從小的信仰使他很自然的向上帝呼求：「天父，請幫助我，告訴我前面的路要怎麼走？」

也許是上帝真的聽了光勝的禱告，不久，遠在台北的姊姊告訴他一個訊息，基督書院正在招生，既然外面的社會不接納他這個殘障者，但在上帝的國度裡卻不受任何限制，他同樣可以服事上帝、服務眾人。

在基督書院裡，他是碩果僅存的兩位原住民，學校對他們格外寶貝，尤其是那些外國宣教士老師給予他的溫暖關懷，以及同學間的和諧友愛，使得這個從小又殘障又是「番仔」、有著極度自卑感的他，從未感受到如此的被尊重，那種感覺使他訝異而激動。除了家人之外，原來這個世界還有許多不因他的體形、膚色而愛他的人，他深深體會到原來這種無私的愛就是上帝的愛，他開始釋放自己，原住民天性中的純樸豪放，使他贏得越來越多的友誼。

由於基督書院的優良傳統，每逢假日或寒暑假，光勝都有機會到偏遠的山地服務，接觸各族原住民，然而，越進入山地，感觸也越深刻。原住民，這個被漢人社會摒棄遺忘的族群，幾乎有著共同的宿命，貧窮、落後、不被人看重，也不被自己看重。他常常在深夜流淚禱告說：

「主啊！我願意做一位布農族牧師，奉獻我的一生去幫助我的族人……」

儘管光勝在校園人緣甚佳，只不過自慚形穢的心理，使他對女同學只敢保持友誼，不敢深交，直到一位女孩主動接近他。

他們談了兩年戀愛，女孩雖然愛他，但對光勝的原住民身分以及身體的缺陷，心裡仍然有著某種程度的障礙，再一想到有一天要和光勝回山地就不免膽怯害怕，就在光勝三年級暑假時，她和一位回國相親的留學生閃電結婚。

第一次戀愛，光勝幾乎放下全部的感情，在事先沒有任何徵兆的情況下，突然聽到伊人遠嫁的消息，真有如青天霹靂，把他的心擊碎成一片片。

有很長的一段時間，光勝都情緒消沉，這次的打擊太大，大到看見天上的飛機，都會想起遠去的戀人。

這也是為什麼麗雪初次認識光勝，常覺得他一副鬱鬱寡歡的原因，不過當時她並不知情，只是基於同學之誼，想要幫助光勝而已。

倒是在不斷的接觸中，光勝不時聽到麗雪對原住民的一些想法和看法，感受到她對原住民的那份感情，麗雪甚至說：「有一天，我也要到山地為原住民工作！」

在這樣的「暗示」下，原本對婚姻和愛情早已絕望、打算獨身一輩子的光勝又燃起一絲絲希望，不過他不敢造次，只是用漸進的方式，不時談他的家鄉，他的理想、抱負……他要試探這個漢人女子對他及他的族人有多少認同。

「原住民青年最大的問題是我們無法融入以漢人為主流的社會裡，跟不上都市人的腳步，回到部落，又不懂老一輩族人的傳統，這是我們最大的痛苦和悲哀，找不到自己的定位和立足點，只有逃避，於是就陷入一個惡性循環中，貧窮、酗酒、離婚、自殺、色情買賣……成為社會的恥笑。」

光勝望著遠方起伏的山巒，堅定的說：「我一定要竭盡所能，喚回我們原住民的尊嚴，最重要的是要從教育扎根，而且要從孩子開始，妳知道嗎，世上最寶貴的資源不是石油，而是兒童！」

女子的心思是何等細膩敏銳，她當然也察覺這個男子的「陰謀」，但面對這樣一個「特殊」人物，麗雪自然不敢輕易放下感情，只有不動聲色，默默觀察。

第二年暑假，他們一起參加學校的山地工作隊，到蘭嶼服務，其實光勝已經畢業，可以不必參加，但他還是去了，對他們兩人日後感情的發展，蘭嶼之行是個關鍵。

在短短一個月時間，麗雪看到這個布農族男子的誠懇、認真和負責。他調度指揮，安排食衣住行，井井有條，雖然自己的腿不方便，照樣和大夥一起扛米、搬瓦斯，做許多雜事。另一方面，他有一種說不出的親和力，吸引得達悟族老老少少都喜歡他，甚至當他們離開時，還有達悟族朋友抱著他流淚不捨。

最令麗雪感動的是光勝不管走到哪裡，在教會講道或是和朋友聊天，他都不斷提到他對族人的負擔，他要像摩西一樣帶領他的族人走出貧困、落後、被人羞辱的困境，那是上帝給他的使命，也是他對族人的承諾。

這樣一個鐵錚錚的熱血男兒，儘管他長得不帥，身體缺陷，可是他寬廣無私的心胸，坦坦蕩蕩的個性，又有幾個男人能比得上呢？麗雪的心被吸引、被融化了，她想，就是他了，沒錯。

中國人常說，相愛不止是兩個人之間的事，而且是兩個家族的事。可想而知，當麗雪的父母知道她愛上一個腿部殘障的「番仔」，是如何的震驚和震怒，他們用一切的方法阻止麗雪，勸解不成，就用威脅，威脅也無效時，乾脆禁足，攔截一切信件和電話，然而人的心理就是這麼奇怪，越是壓制，反彈越大，不見面的日子，思念反而更加強烈，不過，光勝總是提醒麗雪，父母反對是「正常」的現象，絕不可和他們正面衝突。

那段時間，是他們最甜蜜也最痛苦的日子，相見時的濃情蜜意，可是一想到父母的反對，心中又充滿無限的酸楚。光勝幾次想要去李家拜會，都被麗雪的父母拒之門外，兩人徘徊在海邊，基隆特有的濛濛細雨打在臉上，也分不出到底是雨是淚！

整整三年時間，麗雪的堅持總算讓她的父母答應見光勝一面。他們不願在家中接待這個「番仔」，就約在外面的咖啡館見面。

哪裡知道麗雪的父親一見到光勝就破口大罵：「你這個番仔，又是腳殘廢，還妄想娶我女兒，你也太自不量力了……」

光勝低著頭，任由他發洩，只喃喃說：「我會讓麗雪幸福的……」

「你無錢無勢，拿什麼給她幸福？我一個女兒捧在手心當寶貝，要她跟你到山裡吃苦受罪，想也別想……」

當然，還有句話沒罵出口，要女兒嫁個「番仔」，全家的面子都丟光了，以後還要不要做人？最後，麗雪的父親逼迫光勝和他女兒斷絕往來。光勝看著老人生氣的臉，他能體會一個做父親的心，換了是他的女兒，恐怕也不願意吧！可是他實在是愛麗雪啊！掙扎許久，終於說：

「只要麗雪放棄，我就答應放棄！」

「這個番仔願意放棄，妳怎樣啊？」

父親轉頭問麗雪，麗雪哭著不肯回答。從小到大，她不曾有任何事違逆父母，獨獨這件事惹得父母傷心生氣，一方面對父母愧疚，另一方面也為光勝抱屈，他真是一個很好的人，有很多優點，父母為什麼不肯多認識他一點呢？

這次的「談判」不歡而散。儘管做父親的仍然鐵石心腸，堅決反對，但麗雪的母親卻對光勝留下不錯的印象，已能漸漸接受他。

麗雪一直覺得她對光勝的愛是絕不會動搖的，沒想到也遭遇一次重大考驗。有一次，光勝帶她回延平鄉桃源村，指著一大片廢耕已久、雜草叢生的荒地，編織著他的夢想。

「要重建原住民的希望，不單是文化，還包括經濟、農業、交通種種問題，息息相關，但首要之務是教育，從幼稚園的設立，到青少年的課業輔導，鄉下師資不好，我一定要從城裡請最好的老師，清寒學生提供獎助學金，鼓勵他們接受更多的教育，只有這樣，他們將來才有可能和平地人競爭，另一方面，我也要教他們母語，讓他們從小認識自己的文化，以做一個布農族為榮……

「很多原住民青年因為念書不多，到了社會往往只能做些粗工，常因意外或工業傷害而殘障，回到家鄉無所事事，大好的生命就這樣白白浪費，實在可惜，如果能給他們一些職業訓練，就可以幫助他們生活自立。另外，還有族裡的老人，看到自己的文化逐漸沒落，心裡也有無奈之感，我們可以請他們把那些尚未失傳的手工藝再度展現出來，製成成品，推銷出去，也可以增加收入……」

光勝越說越興奮，兩眼閃閃發光：「我要在這裡建立一個布農族的文化園區，有展示，有生產，甚至還可以提供一些具有本地色彩的休閒活動，吸引觀光客，一步步帶動地方繁榮，也能讓更多的人認識和了解原住民的生活文化……這就是我的希望工程！」

最後，光勝看著麗雪，滿懷希冀的問：「妳願意和我一起生活在這裡，一起完成這個夢嗎？」

這的確是個大夢，而且在麗雪眼裡，這根本是個不可能實現的夢。面對這一大片荒山野地，光勝的求婚使得她不得不從戀愛的浪漫回到婚姻的現實，種族文化和生活習慣的差異不說，她真的要在這個幾乎和文明世界隔絕的山地生活一輩子嗎？

麗雪開始有點猶豫，甚至有了打退堂鼓的念頭，回到台北，她含蓄的告訴光勝：「我想，我並不合適……」

這樣的回答，光勝雖然失望，卻也不意外，只輕輕說：「我們禱告吧！看看上帝要怎麼帶領！」

雖然經過一段小小心靈拔河的過程，最後還是光勝的愛化解了麗雪對未來的疑懼，物質條件容易克服，最重要的是這個人值不值得託付一生。她又想到福音船上那位印度朋友說的話，人活著到底是為什麼呢？難道不就是為了追求理想、實現自我嗎？白光勝的夢或許很難，或許遙不可及，可是不嘗試，又怎麼知道不能實現呢？至少兩個人一起努力，總比一個人要容易吧！

基督書院畢業那年，麗雪在仍未獲得父親諒解的情況下嫁給光勝，又一起到台南神學院進修神學碩士後，回到台東延平鄉桃源村，在那裡開始他們的「希望工程」。

荷花‧蓮子

拓蕪顫抖著右手，艱難緩慢的打開朋友從大陸帶回的包裹，一雙黑布鞋霍然呈現在眼前，一時激動，老淚滂沱而下……

這一雙布鞋，式樣老舊笨拙，做工粗糙，老實說，台灣要啥有啥，如今誰會再穿這樣一雙土裡土氣的布鞋？然而……

拓蕪輕輕撫摸著鞋子，鞋底的針腳清晰可見，那一針一線、絲絲縷縷，飽含了多少說不盡的辛酸往事，千言萬語，盡在無言中。

時間的河流一霎時倒回七十年前。

拓蕪的母親挺著大肚子，邁著放大的小腳，跋涉了將近一天的山路，才回到安徽南陵縣的娘家探親。父母看見久不見的女兒回門，自然是喜不自勝，兄嫂也親熱的迎接著她，巧合的是大嫂竟然同樣腆著個大肚子忙進忙出。

忙和了一天，晚上，姑嫂兩個坐在炕上閒磕牙，聊著聊著，聊到了腹中的胎兒，兩個人的預產期差不多前後時辰，姑嫂兩人的感情原本就好，不約而同的指著腹中的胎兒說：

「倘若將來生的是一男一女，不管誰的女娃兒，一定嫁給對方的男囝子……」

在大半個世紀之前，多的是指腹為婚的婚姻，更何況是表兄妹結親，那更是親上加親，喜上加喜。

生拓蕪的時候，奶奶正在菸榻上吞雲吐霧，剛好姊姊從池塘邊摘了朵荷花進來，奶奶看著產婆手裡抱著的新生囝子一眼，順口說：

「乳名就叫荷花吧！」

產婆提醒說：「奶奶，是個男囝子呀！」

「男囝子叫女娃兒名字有啥不好，才保得住啊！」

從前的社會，不只是封建，各種的迷信，以及強烈重男輕女的觀念，常給男孩子取個又粗又賤、甚至女性化的小名，好騙過陰間派來的小鬼，加上拓蕪的哥哥出生未幾夭折，奶奶自然更寶貝這個長房的長孫了。

於是，拓蕪就有了一個如此香噴噴、脂粉味濃的乳名。這件事也只有三、五老友才知曉，偶爾，我們也拿他取笑一番，拓蕪總是略帶靦腆地呵呵一笑。

拓蕪出生不久，南陵沈家也傳來消息，舅媽生了個女娃兒，取名蓮子。奶奶高興的說：

「荷花配蓮子，真是萬世姻緣，將來得早點讓他們圓房……」

不過，奶奶並未等到這一天，荷花和蓮子更沒等到這一天。

六、七歲的時候，南陵舅家就把蓮子早早送來張家，成了名副其實的童養媳。

荷花，這個楞頭小子，模模糊糊的知曉，這就是他未來的媳婦兒，只不過正處在最討厭女孩兒的年齡，加上大人小孩有事沒事總愛拿他倆取笑，荷花羞憤之餘，別說講話，更是連正眼也不瞧蓮子一眼，彷彿跟他沒啥關聯。

從前的童養媳婦，無異跟個不花錢的小丫頭差不多，雖然也還是個小不點，但樣樣家事都得學著做，外帶照顧拓蕪剛出生的小妹妹。

農村的生活雖然艱苦，日子倒也平順，一直到荷花十歲那年，母親過去，從此他的命運完全改寫。

父親很快娶了後娘，跟所有傳統的故事大同小異，後娘容不下這個前房兒子，不僅不准他繼續讀書，尚且想盡法子折磨他，三不五時在父親面前告上一狀，害他少不得挨上一頓好打，而蓮子更是遭到池魚之殃，成了後娘的出氣筒。

荷花、蓮子原本是同命鴛鴦，理當同病相憐，一則荷花從小在這方面似乎總是少了那麼點心竅，根本不懂得什麼「憐香惜玉」，反而因為心裡認定了她是自己的人，心裡的怨氣也往往無故發洩在她身上。

有一回，後娘帶過來的女兒與妹妹起了爭執，後娘把妹妹揍得遍體鱗傷，荷花從外頭回來，氣得當場給了蓮子一巴掌。

荷花也知道他冤枉了蓮子。當晚，他跟蓮子說：「我打妳是不對的，但妳沒盡力照顧好妹妹……」

即便隔了五十年，他仍然覺得愧對蓮子，年少不更事，如今兩岸隔絕，便連彌補的機會也沒有了。

十二歲時，荷花終於忍受不了後娘的虐待，離家出走，跑到宣城一家油坊當學徒。臨行前，他只簡單對蓮子說了一句話：

「我走了，妳好好照顧妹妹！」

原以為學個三年五載，等有一天出了師，有能力養家了，就能把蓮子和妹妹接出來……哪裡知道，他的噩運不過剛剛開始。

小徒弟的活兒多得連閉眼打個盹兒的時間都沒有，劈柴、挑水、洗衣、做飯、外帶給師娘看小孩、倒洗腳水……偏又碰上了個兇、冷漠又寡情的師傅，只要稍不順師傅的心，雞毛撣子就當頭抽下，打得荷花滿地哀號，眼淚也不知流了多少，心中的苦無處可訴，心中的冤也無人知曉。

最後，荷花還是採用了老法子，三十六計，走為上策。

三年後，他再度逃跑，加入當地的游擊隊，隨後游擊隊被整編，納入國軍，隨著部隊轉戰大江南北，這一別就是整整半個世紀。

命苦的人就是命苦，學名時雄、後又改名拓蕪的荷花，當個兵也是窩窩囊囊的。他們這一群或是被拉伕，或是走投無路自動投效的毛頭孩子，根本分不清國共兩黨之間的是是非非。從前打日本鬼子，還有一個共同目標，如今卻像是陷在泥淖裡，混沌一片，到底為啥而戰，為誰而戰，誰也說不清楚。

在拓蕪的記憶裡，好像並沒有經歷過什麼了不起的戰役，什麼徐州大會戰、古寧頭大捷……全沒他的份，想做個轟轟烈烈、馬革裹屍的英雄夢亦不可得。

倒是不斷打敗仗，不斷被整編，從一個戰地輾轉到另一個戰地，他看不到所謂的民族大義、國家的前途，只看到連年戰亂，砲火下無辜的小老百姓。逃離的人群像潮水一樣湧過來湧過去，饑餓、死亡、家庭破碎、流離失所，每一個人都生活在恐懼茫然中，看不到明天。

這些難忘的經驗，深深烙印在從小多愁敏感的拓蕪心裡，成為他終生背負的十字架。

民國三十七年，他跟隨部隊撤退到台灣，那時兩岸尚可通訊，他給老父去了一信，告知自己的行蹤。父親誤以為他在部隊裡當了官，老懷甚得安慰，來信催他速速把蓮子接過來成親，好讓老人家早日抱孫子。

父親哪裡知道，他不過是個上等兵，那點可憐的薪餉買了牙膏、肥皂，外加兩包香菸後，就已經所剩無幾了。平日偶爾想打個牙祭，還得想法子弄點外快才成，連自己都養不活，甭說養家，真是連作夢也不敢的事。

他不敢明說，怕老父失望，只含混的表示，千里迢遙，兵荒馬亂，而他軍職在身，實在無法回去接蓮子。

時局變動快如星火，一夕之間，江山易幟，事實上這封信到底父親收到沒有，他也無法確定，總之，以後再也沒有家鄉的音訊了。

部隊生活其實十分呆板、枯燥，許多阿兵哥閒來無事，紛紛學習藝文創作，拓蕪逮住好不容易安定的機會，藉著大量閱讀報章雜誌，收聽廣播，滿足他的求知欲。並且學習寫作新詩，以「沈甸」為筆名，大著膽子投稿。

顛躓的生命歷程，豐富的人生見聞，總讓他的新詩有更深一層的意境和隱喻。很快的，沈甸這兩個字就在詩壇闖出了名號。

隨後，他越寫越勤，寫作的範圍也更形擴大，日益成熟，前後陸續得過多座國軍文藝金像獎、教育部金鐘獎，以及優等編輯獎等等。

寫作生活固然是風風光光、多采多姿，感情生活卻是一片空白，不是不想談戀愛，而是沒本錢談戀愛，誰會看上他們這些穿二尺半的阿兵哥？

加上根深柢固的自卑感，益發使得拓蕪有「近情膽怯」的心理。曾經有一位通信多時的女讀友對他仰慕甚深，卻在相約見面時，他唯恐美夢幻滅，硬是不敢應約，一樁美事就此不了了之。

認識桂香，也算得上是一則現代傳奇。

幾個好朋友看他老大不小，若是擱在從前老家，怕是連孫子也抱了，如今卻仍是老光棍一個，逼著他去相親。他明知無望，只不忍拂逆好友的一番心意，勉為其難的去了，見了一次面，連對方的長相都沒看清楚，也無所謂中意不中意，只因對方要的聘金太高，這件事就此結束。

沒想到幾個月後，桂香卻突然找上門來，問他怎麼沒下文了？原來，當天他們雖然不曾交談，但桂香對他誠實憨厚的外表卻留下深刻印象。

拓蕪坦承他付不出她兄嫂要的聘金數目，桂香隨即回去了。

三個月後，拓蕪從台中探友回來，同事告訴他，有位從中壢來的小姐，自稱是他的女朋友，連夜來投奔他……拓蕪大吃一驚，讓他更吃驚的是，桂香說：

「我是逃出來的！」

桂香也算得一奇女子，個性剛烈獨立，早就不滿兄嫂視錢如命，連她的婚姻大事也想賺上一筆。雖然，她和拓蕪僅僅見過兩次面，卻認定是個可以託付終身的對象。

那天，她趁著兄嫂不注意，收拾了個小包袱就逃出家門，半路上被哥哥發現，追到火車站，桂香已經跳上了火車，還被她哥哥硬生生搶下手中的包袱，就這樣，桂香身無一文的逃到了台北，義無反顧的跟定了拓蕪。

在那樣一個淳樸保守的時代，桂香也算得相當前衛大膽，開風氣之先了。

這一段「桂香夜奔張拓蕪」的故事，被作家張曉風形容簡直可以媲美「紅拂女夜奔李靖」的唐代傳奇。

結婚一年後，兒子小旌出生。雖是粗茶淡飯，日子倒也平平淡淡，哪裡想到，造化弄人，拓蕪再一次遭受命運無情的打擊，而且其勢洶洶，幾乎將他擊倒，再也站不起來。

拓蕪記得很清楚，當時他手抱著兒子，邊看著電視，享受著「有子萬事足」的幸福，突然一陣天旋地轉，人事不知。

整整昏迷了兩個星期，總算從鬼門關搶救出來一條命，然而，他發現自己再也不是從前那個生龍活虎的張拓蕪，嚴重的腦中風使得他左半邊身子完全失去知覺。

吃喝要人餵，大小便要人處理，連換個衣服都得別人幫忙，他成了一個標準的「廢物」，對他而言，簡直是生不如死，只可惜連自殺的能力也沒有。

眼淚哭乾了，日子還是得過下去，既然死不成，只有咬著牙試著站起來，一連串艱苦漫長的復健工作，終於讓他從慢慢能坐、能站，到歪歪斜斜、跌跌撞撞的走幾步。

這其間的辛酸真不足為外人道，好在他終於站起來了，只是手裡多了一根枴杖。

隨之而來的是現實的壓力，這場病花光了他的退役保險金和一點點積蓄，而孩子尚在襁褓，嗷嗷待哺，桂香需要照顧這一病一小，根本無法出外工作，家無隔宿之糧，逼得他不得不以半殘之身重新提起他的筆。

他想起當年那些袍澤，那些和他同哭同笑、同生同死、一路淌血走過將近半個世紀的好弟兄，寫他們的愛恨掙扎、悲涼無奈，寫他們在大時代下個人的犧牲和無聲的吶喊，也寫他們安貧樂道的操守，無尤無怨的自足，以及坎坷歲月中得以自處的那一套人生哲學。

雖然他寫的都不是什麼經典人物，卻自有一份血肉情感，其實，他的書就是一部活生生的中國近代史，饑荒、貧困、戰亂流離，斑斑不盡血淚。

拓蕪一系列的《代馬輸卒》，再度震驚文壇，屢獲大獎，並被評為當代十大散文名家。

藉著版稅與稿費的收入，生活因而改善不少，不幸的事卻又接踵而來，桂香棄他而去。

這其中因素複雜，先天上年齡的差距，知識水平的差距，使得兩人在思想和心靈上一直缺乏交集點，最重要的是兩人個性都太過倔強，這一段「傳奇」，最後竟以悲劇收場，令人唏噓不已。

經歷了太多大風大浪，桂香的走固然令他痛苦難堪，好在他早已百煉成鋼，再也沒有什麼足以打倒他的了。

他父兼母職，獨自扶養小旌，操持家務，拖地洗衣，並且燒得「一手」好菜，吃過的朋友無不嘖嘖稱讚。

在我〈英雄有淚〉一文中寫道，「回想拓蕪這一生，簡直是苦難的化身。從小失親，在屈辱中長大，少小離家，也是顛沛流離，好不容易有了自己的小窩，可以安定下來，偏又是一場病殘，奪去他所有的雄心壯志，接著妻子離去，家庭的變故更是將他擊打得體無完膚。我們看著他困頓中時仆時起，看著他痛苦流淚，看著他傷口慢慢結痂。身為朋友，我們唯一能做的，就是一旁默默陪著他。」

大陸政策開放後，時隔整整四十九年，拓蕪終於回到睽別已久的家鄉，然而，故鄉早已成了詩人筆下「十五從軍征，八十始得歸；道逢鄉里人，家中有阿誰？」

父親業已故世，蓮子則一直等他等到二十九歲，才在父親以嫁女兒的心情半逼迫下「改嫁」。蓮子也真是命苦，嫁後不到幾年，丈夫就過去，孤寡一人，靠著為人幫傭維生。

再相見，恍如隔世，兩人都已垂垂老矣，拓蕪貧病纏身，而蓮子也早已被生活磨成標準一「老嫗」。

蓮子仍然惦記著拓蕪，表示願意來台照顧他們父子倆，拓蕪卻踟躕再三。大陸人士來台，豈是那麼容易？手續繁複，耗時耗力又耗錢，拓蕪平靜日子過慣了，實在怕麻煩，多一事不如少一事；再說，蓮子大字不識一個，加上兩岸分隔數十年，思想觀念和生活方式都有所不同，他實在很怕重蹈桂香覆轍。

每隔個一年半載，拓蕪都會託人帶點錢回去，蓮子也偶爾會捎點什麼給他。「荷花、蓮子」這對奶奶口中的絕配，換做昇平世代，怕是早已子孫滿堂了。如今天各一方，似有情卻無情，似無情卻又繫著那麼淡淡一縷牽掛。畢竟，兩人從小一起長大；畢竟，他們曾經有過「婚約」。

拿著蓮子為他縫製的這雙布鞋，辛酸苦辣，百味雜陳。他哭蓮子，也哭自己，更哭這個苦難的中國，以及千千萬萬在命運的撥弄下不由自己的小老百姓……

詩人洛夫為此寫了一首新詩，就叫做〈寄鞋〉：

間關千里
寄給你一雙布鞋
一封
無字的信

積了四十多年的話
想說無從說
只好一句句
密密縫在鞋底

……………………

鞋子也許嫌小一些
我是以心裁量　以童年
以五更的夢裁量
合不合腳是另一回事
請千萬別棄之
若敝履
四十多年的相思

四十多年的孤寂
全都縫在鞋底

仍然相信（後記）

很多年前一天，三毛邀我和拓蕪到她家玩，當時三毛還住在民生東路的一棟大廈，裡面的隔間都很小，大概有好幾百戶，看起來好像一間間鴿子籠。

三毛指著對門的兩間套房說，原來這裡住了個男孩，不久前，隔壁搬來個女孩，過了一個禮拜，女孩搬進男孩家，理由是可以省一份房租，又過了一個月，女孩搬走了，理由是玩完了，當場把我們這幾個「ＬＫＫ」聽得目瞪口呆。

十幾年過去了，這種事已司空見慣，無足為怪。年輕人換情人如同換衣服，即使已經結婚的夫妻也同樣可以為芝麻小事隨時「變臉」。也許，這本來就是個快速輪轉的工商業社會，流行的是「輕薄短小」的文化，包括愛情在內。

但是，在這些不可捉摸、無法確定的變數中，有沒有什麼是可以堅持、可以信賴、可以承諾的，如同終身持守的信念？

我仍然相信真情真愛，超越死亡，超越戰亂，超越身體的障礙，超越文化的差距……有一些故事放在我心中很久了，而且就在我身邊發生。每次看到他們，想到他們的故事，以及故事背後那些辛酸、甜蜜、掙扎、眼淚……就有很大的衝動想把它們寫出來。

在寫作的過程中，除了三位失去聯絡或過世外，我也不斷和我的「主角們」電話討論一些細節，再一次走入他們的記憶之谷，和他們一起追溯那段愛情之旅。

近幾年來，我因兩臂關節嚴重變形退化，久已無力執筆，每天上午我口述，秘書在一旁記錄，常常寫到一半，秘書都忍不住嘆息。有一次，她感嘆說：

「以前看瓊瑤的小說，總覺得那樣的愛情故事好像不太可能，沒想到現實生活中還真有其事！」

我也忍不住嘆息：「這些故事不但曲折動人，充滿戲劇性，而且我的女主角個個美麗大方，一點也不輸給那些女明星呢！」

正因為如此，我盡可能以平淡、平實的筆調著墨，保持它的「原味」，以「取信」讀者。

全書中有四篇文章的主角，或因害羞或有其他顧慮，不願他們的名字曝光，我尊重他們，皆改用化名。

這本書的主題是愛情故事，因此我只「記錄」他們從認識到相愛，到走進禮堂戛然而止。或許讀者會好奇關心，這些「王子和公主」婚後是否過著「幸福快樂的日子」？

婚姻自有它現實的一面，兩個不同個性、生活背景、思想觀念的人結合在一起，難免有牙齒咬到舌頭的時候，稀鬆平常。有人說「婚姻使一個人真正長大成熟」，主要的恐怕也是婚姻讓我們學習如何與一個「時而可愛時而可恨」的傢伙和平相處，更多的包容和忍耐，單就這點來說，我的「王子和公主」生活得都「很幸福！很美滿！」

至於他們的近況，〈親愛的，對不起〉中的那個女孩，經過多年的「柔性抗爭」，終於獲得父母的諒解同意，將於八十七年九月結婚。以後，他們可以改口說：「親愛的，謝謝你！」

〈桃源村的夢〉白光勝牧師夫婦不久前才生下第五個寶寶，白牧師認為布農族人越來越減少，所以要努力增「產」報「族」，他們的理想計畫是六個，目前還在繼續努力中。

同時，在白光勝牧師夫婦十三年的辛苦耕耘下，目前已成立「財團法人布農文教基金會」，經過他們輔導、栽培而考上大專院校的原住民學生，已有一百多位。他們的「布農文化園區」第一期工程也已完成，第二、三期工程正在陸續規劃進行中。

〈羅密歐與茱麗葉〉也生了一個小「羅密歐」。由於近幾年來失婚、或長期生活在婚姻暴力下的婦女越來越多（或者說敢於走出來的婦女越來越多），因此「茱麗葉」的婚姻協談中心發展迅速，全省各地已有八所分會，美國加州亦有一所。

〈將我的最愛託付你〉原先得到的資訊是胡在臨終前就已對梁明白表示，請他好好「照顧」愛妻。等我和梁、賴兩位取得連繫、並經過深談後，才發現和聽聞略有出入，梁一再強調，他事先真的不知情，不過，聽他的口氣，似乎被「設計」的很愉快！

胡確實沒看走眼，梁極愛胡的那一兒一女，他們都很自然的叫他爸爸，梁和賴自己也生了一兒一女，他自豪的對我說：「我現在有了兩百分！」

這本書前後寫了一年多，每天沉浸在浪漫旖旎的氣氛中，加上前不久看了一場《麥迪遜之橋》，害得我這個「中古人」也恨不得去談場戀愛，這是寫書的唯一後遺症。

特載

輯錄本書〈等著他長大〉、〈現代秋香傳〉、〈荷花‧蓮子〉等故事主角：李清惠、沈秋香與莊如明、張拓蕪等人，對杏林子的無限思念。

(一)信心的榜樣

李清惠

她說：「小男孩真的喜歡妳喔！」

我說：「嗯！也許吧？可是您不覺得有點滑稽嗎？」

她說：「咱們幽默的上帝常會把在人看來不可思議的滑稽、可笑的事變成一樁美事喔！」

十八年前在一個灑滿陽光的初夏，在劉姊房間裡，我懷著疑惑的心，看著她肯定的眼神。

十八年後，我早已成為劉姊口中小男孩的妻子。幽默的上帝果然成就了一件在我生命中眾人以為不可能的事，甚至更多，更多……

從她——劉姊生命中所流露出來的，永遠是她相信上帝所做的每一個決定，無論在人看來是如何。

劉姊對上帝所作一切安排充滿信心的榜樣，將永遠駐足我心深處。

寫於二〇〇三年二月

㈡愛的楷模

馬來西亞
沈秋香
莊如明

親愛的劉姊，我愛您，
您是我心中的勇者，
您的愛讓我不敢畏縮，
您的痛讓我的傷口，只存淡淡輕愁，
您的心訓誨我當行的道，
您的情是暖流……讓幾度顫抖的寒心，得著溫熱。
我們的聚，猶如織女心，情懷築鵲橋，
相見時語塞懼情落，

不見時相思織綿綢。
從老師到主任，從主任到上司，
您是我領袖的楷模。

(三)敬愛的老戰友

張拓蕪

甲午年的初一，一早給妳電話拜年，聽到妳爽朗輕快的聲音，心頭很安慰、很舒服。我跟妳約初六下午來看妳，耽誤不太久，看到妳健康安好，就安心了。初六傍晚妳來電問我腰痛的毛病是否嚴重，嚴重得爽約。天哪！我竟記成星期六了。初六一下午沒事可做，只閒閒的在家讀書。劉俠，抱歉，我已七十有六，身體各種機能都在衰敗，記憶力太差，把週六錯記成農曆初六，真正成了老糊塗了，慚愧！

再見妳卻是三總的病房，那時妳剛脫驚恐、嚴重傷痛中醒轉，疲累飢渴（十餘小時妳滴水未進），兆蘭小姐餵妳幾匙麵湯妳竟吐了，樸月說早上餵妳兩口牛奶妳也吐了，當時，妳雖神志清醒，想跟大家說話，但妳雙眼無神，勉強睜開又無力地闔上，為了讓妳充分休息，我們只得暫退。醫生說妳生命狀況穩定，劉媽媽作手勢要大家各自回家。劉媽媽已是八十五高齡的老人，從昨夜到翌日下午三時，身心都禁不住這樣的折騰，好在老人家健朗，還挺得住。

哪知那一別就成永訣！這些天我時刻都在夢想週六遊，看陽明山的沿途青草碧綠，看淡海的崦嵫落日，在漁人碼頭的咖啡色木質長橋上來回逛幾趟。如果時間長一點，我們去劉爸爸墓園，我還未去拜謁過，劉俠妳說過位置大約就在靠近淡水、金山交界之處的基督教墓園，順便再去較遠的金寶山墓園去看看三毛和梅新……。

回途去吃海鮮，沿途的海鮮餐廳多，都是剛出水的，新鮮、美味營養又便宜，不管妳請我我請妳都負擔得起。

可是，劉俠啊！這些都成為過去式，再也回不來了。

雁行失翼，鐵三角如今只剩下我一隻腳，我的人生之旅，兄妹般手足之情，只有在夢魂中相見和思憶了。

劉俠，祝妳在上帝懷抱中安息。

寫於二〇〇三年二月

杏林子作品集 09

將我的最愛託付你

（原名：身邊的愛情故事）

作者	杏林子
責任編輯	陳逸華
發行人	蔡文甫
出版發行	九歌出版社有限公司
	臺北市105八德路3段12巷57弄40號
	電話／02-25776564・傳真／02-25789205
	郵政劃撥／0112295-1
九歌文學網	www.chiuko.com.tw
印刷	鴻霖印刷傳媒股份有限公司
法律顧問	龍躍天律師・蕭雄淋律師・董安丹律師
初版	2012（民國101）年1月

（本書曾於1998年3月15日由皇冠出版社印行）

定價　240元

書號　0110309

ISBN　978-957-444-811-1

（缺頁、破損或裝訂錯誤，請寄回本公司更換）

國家圖書館出版品預行編目資料

將我的最愛託付你 / 杏林子著. – 初版. --
臺北市：九歌, 民101.01

面； 公分. -- (杏林子作品集 ; 9)

ISBN 978-957-444-811-1(平裝)

855 100024955

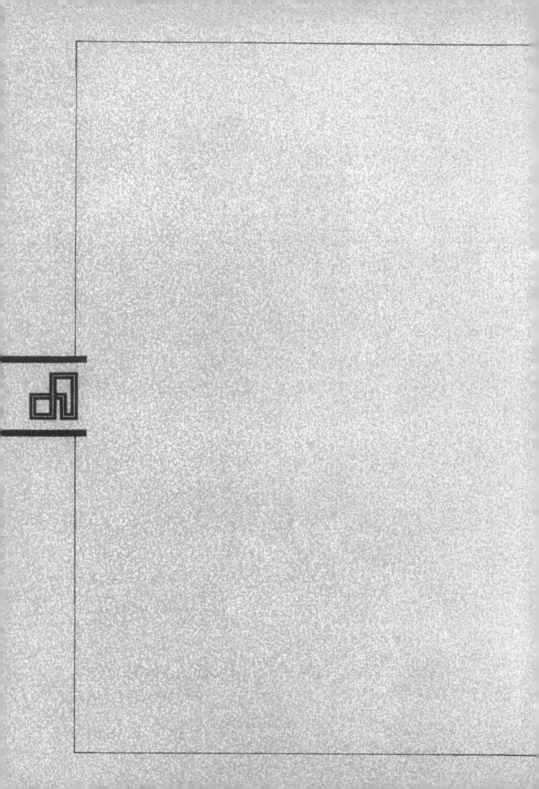